Evelyne Stein-Fischer

Morgen oder nie

Ueberreuter

Die Deutsche Bibliothek – CIP-Einheitsaufnahme

Stein-Fischer, Evelyne:
Morgen oder nie / Evelyne Stein-Fischer. – Wien :
Ueberreuter, 1999
ISBN 3-8000-2578-7

Wenn du mir etwas über das Buch oder dich selbst schreiben willst ... tu es. Bitte an:

Evelyne Stein-Fischer
Verlag Carl Ueberreuter
Alser Straße 24, Postfach 306
A-1091 Wien

J 2367/1

Umschlag von Sabine Lochmann
Gesetzt nach der neuen Rechtschreibung

Druck: Ueberreuter Print
7 6 5 4 3 2 1

Sonntag

Morgen sage ich es Simon.
Sieben Tage geb ich ihm.
Dann ist es aus.
Oder es fängt erst richtig an.

Heute ist Sonntag, Ferienbeginn. Der erste Tag, an dem ich allein bin. Ich finde, mit knapp fünfzehn bin ich alt genug, auch einmal eine Woche ohne Aufsicht in der eigenen Wohnung zu bleiben. Was soll denn schon geschehen?

Vor einer Viertelstunde habe ich dem Auto mit meinen Eltern und meinem zwölfjährigen Bruder nachgewunken, bis es an der Kreuzung abgebogen ist. Plötzlich war es weg. Verschluckt. Ziemlich schnell ging das. Jetzt sehen die Straßen so früh am Morgen im weißen Sonnenlicht wie verlassen aus. Eine kalte Betonlandschaft. Ich stehe noch eine Weile am offenen Fenster, plötzlich schiebt sich ein Radfahrer ins Bild, rollt geräuschlos dahin, schon ist auch er hinter einer Häuserecke verschwunden. In der Wohnung ist es ungewohnt still.

Eigentlich sollte ich jetzt einen Luftsprung machen. Die Welt gehört mir! Zumindest fünf Zimmer und der Tag. Irgendwie ist mir noch nicht nach Springen zumute. Ist wohl die erste Schreckviertelstunde, wenn nichts so ist wie sonst. In meinem Kopf taucht der Gedanke an meine Schwester Anika auf. Sie wohnt nicht weit von hier. Nein! Die brauch ich nicht! Und ihren schafskopfähnlichen Freund, mit dem sie seit einem Monat zusammenlebt, schon gar nicht. Einen Tag nach ihrem achtzehnten Geburtstag ist sie ausgezogen. Die setzt immer durch, was sie will, aber jetzt bin ich dran. Ich werd allen beweisen, dass ich ganz gut auf mich selbst aufpassen kann.

Mit Papas Unterstützung setzte ich durch, dass ich die

Woche allein zu Hause bleiben darf. Jetzt brauch ich erst einmal Ruhe. Nun hab ich sie. Sie sind weg. Alle.

Am besten, ich leg mich zurück ins Bett. Um diese vorsintflutliche Zeit kann ich ohnehin niemanden anrufen.

Was Simon jetzt wohl macht? Bei Mareike ist er bestimmt nicht. Die fliegt heute Abend zum Glück auf eine Woche nach Rom. Außerdem schläft sie sonntags mindestens bis zwölf.

»Wir wissen im Unterschied zu anderen Eltern immer, was unsere Tochter macht«, hat ihre Mutter einmal gesagt. »Sie schläft.« Es sollte ein Witz sein. Leider war es keiner. Ich wünschte, Mareike würde den tausendjährigen Dornröschen-Schlaf schlafen. Dann hätte ich Simon endlich wieder für mich.

Manchmal hab ich das Gefühl, er weiß selbst nicht, was er will.

Welche Art von Freund will Simon sein? Wie stellt er sich das vor? Warum behält er nicht seine Hände bei sich, wenn wir uns alleine sehen, und sagt mir weiter Sachen wie: »Es ist einfach wunderschön mit dir, Ines. Echt. Ich hab dich noch immer lieb. Mir dir kann ich reden, wie mit niemandem sonst.«

Ich will nicht mit ihm reden und mir seine Probleme anhören. Ich möchte mehr für ihn sein als eine kameradschaftliche Freundin. Nicht nur dann, wenn ihm gerade danach ist.

Simon hat sich in letzter Zeit verändert. Ich denke, es hat mit Mareike zu tun. Früher war Simon immer so gut drauf, jetzt wirkt er oft müde, fast abwesend und an manchen Tagen wieder völlig aufgedreht. Als er noch mit mir ging, war er ganz normal und wir hatten jede Menge Spaß. Er war ein richtiger Sportler, machte mit mir Radtouren, konnte super Skateboard fahren und gehörte einer Basketballmannschaft an. Jetzt fährt er bloß noch zur Schule mit dem

Rad und auf dem Skateboard seh ich ihn auch nicht mehr. Er hat sogar Basketball aufgegeben. Ich bin sicher, Mareike steckt dahinter. Die ist total unsportlich, außer dass sie wirklich gut tanzen kann und am Wochenende bis in die Morgenstunden in die Disco geht. Die darf das. Ich nicht. Seit neuestem raucht Simon sogar, nur weil Mareike und ihre hochnäsige Clique raucht. Simon passt da gar nicht rein. Und seine Noten haben im letzten halben Jahr einen totalen Tiefgang erlebt, er muss sich mächtig anstrengen, wenn er das Jahr schaffen will.

»Ich hab für echt nichts mehr Zeit!«, hat Simon neulich gesagt.

Bloß für Mareike – habe ich gedacht.

Simon ... wenn ich ihn jetzt so vor mir sehe, wird mir irgendwie kalt. Auch die Bettdecke verströmt Kälte. Statt dass sie mich wärmt, wärme ich sie. Bis sie mich langsam umhüllt wie ein hautnaher Kokon. Geborgen, abgeschottet. Lufthöhle, zu der keiner Zutritt hat.

Wenn ich früher an Simon gedacht habe, ging's mir gut. Manchmal bekam ich sogar Flügel. Ich sah sein Gesicht vor mir, die großen hellen Augen, die mich oft neugierig und herausfordernd anblickten, sah sein dunkelblondes Haar, in das ich so gern mit allen Fingern kräftig hineinfuhr, roch ihn, spürte ihn. Er riecht immer noch gut. Nach einer Mischung von Haselnuss, Herbstgras und noch was. Simonduft eben. Sogar wenn er schwitzt, mag ich seinen Geruch.

Simon hat Hände, zwei wie jeder, und doch besondere: Die vervielfältigen sich ganz von allein, sind innerhalb von Sekunden überall, auf meinem ganzen Körper, selbst wenn sie mich nur an der Schulter berühren, am Nacken, am Arm. Anfangs hab ich ihn gelassen. Dann war der Anfang vorbei und ich mittendrin. Mareike weiß nichts davon, dass wir uns noch immer nahe sind. Sie weiß nur, dass es mich gibt. Schon das ist ihr zu viel. Dabei habe ich Simon schon lange vor ihr gekannt.

Ich war damals zehn und er elf und Simon ging in eine höhere Klasse. Ich fiel am Wandertag unserer Schule beim Laufen in ein Brennnesselfeld, voll rein in das grüne Feuer, Feuer auf der Haut, Hautbrand, tausendfach, schlimm war das. Sogar das Gesicht in Sekunden voller Pusteln. Ich soll geschrien haben, dass die Blumen rundum eingegangen sind. Simon, der durch Zufall in der Nähe war, ist zu mir gerannt, hat mich rausgeholt und über meine nackten Arme und mein Gesicht geblasen, mir den Schmerz gekühlt. Ein bisschen wie der Wind. Und beinahe so wie das »Schmerz-flieg-weg-Pusten« von Mama und Papa, wenn ich als Kind hingefallen bin. Da stand also dieser fremde Junge, den ich in der Schule nur vom Sehen kannte, und blies wie verrückt über meine Haut. Die anderen guckten eine Weile von der Ferne zu. Als sie sahen, dass ich lebte und sich Simon um mich kümmerte, spielten sie auf der Wiese weiter.

Es brannte und stach, juckte und biss, ich fühlte mein Gesicht anschwellen, meine Haut auf Armen und Beinen bis zum Zerplatzen spannen, blickte zwischen mühsam verhaltenen Tränen in Simons Gesicht. Das schien mir plötzlich vertraut, jedenfalls mehr als das von den anderen Jungs, die ich täglich sah. Luft waren die für mich damals. Elfjährige Oberbabys. Simon nicht. Das fiel mir erst auf, als ich ihn endlich ohne Brennnesselschmerz-Tränen richtig anzusehen vermochte. Diese Augen kannte ich, auch die Kopfbewegung, als er das dichte Stirnhaar mit kurzem kräftigem Schwung aus dem Gesicht beförderte und von der Anstrengung, meine Haut zu kühlen, tief durchatmete. Simon hielt ganz leicht meine Hand.

»Geht's wieder?«

» Ist schon okay«, sagte ich und verbiss mir den Schmerz.

»Ich bin auch mal in so was gefallen! Tut verdammt weh, ich weiß!« Simon versuchte mich zu trösten. Plötzlich wies er mit dem Finger auf eine der Brennnesseln.

»Schau!« Er deutete auf einen großen gelben Schmetterling, der sich auf einer der grünen Beißzangen niederließ.

Das war kein gutes Zeichen!

Manchmal, wenn ich einem Schmetterling begegne, erschrecke ich und ein dumpfes Ziehen breitet sich in meinem Bauch aus. Schmetterlinge haben eine besondere Bedeutung für mich. Eine dunkle. Aber das ist eine andere Geschichte.

Wir beobachteten also, wie das gelbe Flügeltier erst still hielt, reglos auf dem scheinheiligen Blatt saß. Wir sagten nichts. Standen bloß da, in den Anblick versunken. Schließlich bewegte der Schmetterling kaum merklich seine Flügel. Es glich mehr einem Zittern. Nun hob und senkte er sie sanft und wie in Zeitlupe auf und ab, auf und ab, ohne sich von seinem Landeplatz wegzubewegen. Plötzlich flog er hoch und wir sahen ihm nach. Ich weiß nicht, wer ihn zuerst aus den Augen verlor.

»Gehen wir zurück?«, fragte Simon.

Ich nickte und wir liefen jeder zu seiner Gruppe. Meine Haut brannte noch immer, ich sah rot gefleckt und leicht verquollen aus. Die Lehrerin hörte von meinem Sturz und strich mir tröstend über den Kopf. Hannah, meine beste Freundin, streichelte meinen Arm.

Nichts glich Simons luftigem Versuch, meinen Schmerz zu lindern.

Schon als kleines Kind fiel ich oft hin, schlug mir die Knie auf, den Ellbogen wund, das Schienbein blau, den Traum aus dem Kopf. Fiel auch mitten hinein: in eine Schottergrube, in eine Pfütze, in eine Täuschung. Ich hab viele Narben. Auch Simon hat welche, mehr als ich.

Am nächsten Sporttag begannen wir heimlich mit einem stillen Ritual, zählten jeder die Narben am Körper des anderen, verbargen manche, hoben sie für einen besonderen Augenblick auf, jede Narbe erhielt eine Nummer, wir zählten sie auf und Simon gewann. Manche von Simons Kerben schienen weißblass und fein wie ein Haar, ich behauptete sie nicht zu sehen, da griff er nach meinem Zeigefinger und fuhr mit der Kuppe um sie herum, umgrenzte sie, ließ sie mich fühlen. Eines Tages, viel später, begann er mir von jeder seiner Verletzungen eine Geschichte zu erzählen. Wild, blutig und geheimnisvoll. Nur ich durfte die nie ganz verheilte Wunde berühren, seinen Körper erkunden. Darf es bis heute. Er zieht ein Kleidungsstück hoch und lässt mich schauen. Lässt mich tasten. Es ist so ein Tick von ihm.

Simon ist auch mit Tick etwas Besonderes für mich.

Ich für ihn auch.

Jedenfalls wurden wir seit dem Tag, an dem ich in die Brennnesseln stürzte, langsam Freunde. Manchmal streifte er mich in der Schule beim Vorbeigehen am Gang oder in der großen Pause am Arm und rief mir ein, zwei Worte zu: »He, du!«, oder: »Wieder einsatzfähig?« Oder einfach: »Wie geht's?«

Gut ging es.

Einmal steckte er mir nach der Schule ein Kuvert zu, ein weißes, es fühlte sich in der Mitte weich an. Er lief davon, drehte sich nach mir um und lachte. Hinter der nächsten Häuserecke öffnete ich vorsichtig seinen Brief. Ich war ziemlich aufgeregt. Vielleicht würde ich die Erste in der Klasse sein, die einen Liebesbrief bekam. Nein. Ich doch nicht! Ich fand mich im Gegensatz zu anderen Mädchen zu dick, hatte schnurgerade Haare wie Teppichfransen und jemand in der Klasse hatte einmal behauptet, ich schiele. Trotzdem bekam gerade ich diesen Brief. Sollte ich es Hannah erzählen? Und wie sollte ich reagieren? Jungs waren so ziemlich das Letzte, woran ich dachte. Außer dass mich mein kleiner Bruder Jens ständig beschäftigte. Ich zog also mit mächtigem Herzklopfen meine Haarklammer aus dem Haar und ritzte das Kuvert an der Falzung auf. Ich bohrte den Zeigefinger in die Öffnung, das Papier riss ein und ich blickte in das Kuvert. Etwas Dunkles lag darin. Ich betastete es noch einmal von außen, bevor ich ein hellbraunes dickfaseriges Stück Pappe hervorzog. Simon hatte eine getrocknete Brennnessel unter ein Stück Klarsichtfolie geklebt. Achtung, bissig! stand darauf. Berühren verboten.

Ich legte die Brennnessel neben mein Bett und dachte von da an immer öfter an Simon. Wir waren noch Kinder. Nicht mehr lange.

Wir spielten viel zusammen und planten im Jahr 2010 auf dem Mond zu landen. Dann wären wir alt genug für alle Abenteuer dieser Welt. Wir hatten auch schon den Planetenort ausfindig gemacht, an dem wir anlegen würden. Abends zeigten wir zum Mond und konnten unsere Andockstelle entdecken. Wir fanden sie immer. Erst er. Dann ich. Manchmal umgekehrt.

»Siehst du? Dort! Genau dort!«

Wir flogen in einem Planetodrom ins All und begegneten Mondsauriern und Milchstraßenprinzessinnen, bis zu dem Tag, an dem etwas Besonderes geschah.

Wir verliebten uns ineinander.

Für die anderen in der Schule schien es nichts Ungewöhnliches, uns zusammen zu sehen. Manche bekamen nicht einmal mit, wie es zwischen uns »wirklich« stand. Waren wir bloß ganz normale Schulfreunde oder hatte mich Simon etwa schon einmal geküsst, so ein bisschen, erst die Wange, das Haar, die Stirn, den Hals, dann mitten auf den Mund. Kurz und feucht und wieder weg. Oder mehr und ganz anders.

Niemand wusste es.

Eines Tages lud mich Simon wieder einmal zu sich ein. Wir hockten auf dem Teppich und es begann ein neues Spiel. Das war die Zeit, in der mir Simon plötzlich eine seiner Narben genauer zeigte, mehr als hautnah, und mir von ihr erzählte. Es war seine erste und ich durfte mir von da an, in besonderen Augenblicken und streng geheim, nach und nach versteckte Stellen an seinem Körper ansehen, mehr noch. Er führte meine Hand, meine Fingerspitzen heran, und manchmal liefen Schauer über meinen Rücken und ich wusste nicht, ob sie von der Narbe oder vom ganzen Simon herrührten. Oft waren die Geschichten so schlimm, dass ich den Eindruck hatte, Simon wollte bloß angeben. Ich fand, ich sollte auch etwas beisteuern, etwas Besonderes. Es sollte unser streng verborgenes Geheimnis werden und so erzählte ich ihm, wie ich einmal einen Schmetterling getötet hatte. Keiner weiß davon. Ich verschwieg, was dann geschah und was ich mir geschworen hatte.

Seither male ich immer wieder wunderschöne Schmetterlinge, heimlich, in der Hoffnung sie so leichtflügelig, so schwerelos herbeizuzaubern, als könnten sie jeden Augenblick vom Papier abheben. Unzählige Schmetterlinge, die ich für diesen einen lebendig mache.

Als ich meine Geschichte vom Schmetterling beendet hatte, muss ich sehr traurig ausgesehen haben. Simon blickte mich an, strich mir über das Haar, blies etwas weg, was nicht zu sehen war, versuchte es zu verscheuchen, wie damals nach dem Sturz in die Brennnesseln. Sein Gesicht kam plötzlich ganz nahe, ich spürte seinen Atem an meiner Wange, auf meiner Nase, spürte seine Lippen, roch seine Haut. Ganz steif saß ich da. Wie eine Statue, in der ein fremdes Herz schlug. Mit einem Mal war Simons Mund dicht an meinem, ich fühlte das Weiche, Zarte, fühlte es ganz warm in mir werden. Die Lippen tasteten sich über meine Wange, über meinen Hals, kehrten zu meinem Mund zurück. Öffneten ihn. Ganz leicht. Seine weiche feuchte Zunge tupfte an meine, glitt um sie herum, über sie hinweg, über meine Lippen, sein Mund und mein Mund waren eins. Ich wagte kaum mich zu rühren. Ich hielt Simon fest. Und er mich. Wir sahen uns an. Etwas war geschehen, ich wusste nicht genau, was, jedenfalls sah mich Simon anders an als sonst. Die Luft war ein Flüstern. Ich spürte ihn immer stärker, ihn und auch mich, und Simon zog mich dichter an seinen Körper, drückte sich gegen mich. Wir sagten nichts. Mein Herz schlug in den Ohren.

Ich war mit einem Mal nicht nur die gewohnte Ines-Freundin, der Kumpel. Ich war weit mehr. Dieses »Mehr« war aufregender als alles, was wir bisher erfunden hatten.

Von diesem Tag an begegneten wir keinen Milchstraßenprinzessinnen mehr. Nur den echten im Fernsehen.

Wir verließen sogar für immer unser Planetodrom, ließen es frei im Weltraum kreisen. Wir fuhren jetzt Rad.

Mit dreizehn ging ich noch immer mit Simon. Er hatte mir nun alle seine Narben gezeigt. Bis auf eine. Sie war die aufregendste.

Eines Tages, wir waren allein bei ihm zu Hause, eröffnete er mir »Nummer siebzehn«. Ich hielt den Atem an. Sie lag an einer besonderen Stelle seines Körpers. Einer fast verbotenen. Ich sollte sie suchen. Sie befand sich nicht im Gesicht, nicht am Hals, nicht am Nacken, nicht am Arm, nicht am Rücken, nicht am Bauch, nicht am Schenkel, nicht auf den Beinen. Nicht einmal auf seinem Hintern. Sie befand sich in der Nähe seines Bauches.

Eigentlich seines Unterbauches.

Wirklich ganz unten.

Am alleruntersten Unterhosenrand.

Ich weiß noch genau, was ich dachte: Jetzt passiert es.

Was genau, wusste ich nicht. Nur dieses undefinierbare »Es«, das meine Brust eng machte, das mich wie in eine Falle greifen ließ, eine, bei der ich hören wollte, wie sie zuschnappte, fühlen wollte, wie sie sich schloss. Die ich fürchtete und die mich anzog.

Simon saß auf dem Rand seines Tisches, hatte seine Hose geöffnet, die Beine auseinander. Ich stand vor ihm.

»Jetzt kommt der große Moment«, sagte er. Er unternahm jedoch nichts, wartete ab, saß da, sah mich bloß an, beobachtete die Wirkung. Plötzlich rutschte er vom Tisch, streifte die Hose ab, hockte sich in T-Shirt und Unterhose wieder hinauf. Er machte es diesmal besonders feierlich. Und doch fühlte ich mich nicht richtig wohl. Etwas hing um uns, etwas, was mir fast Angst machte. Simon fixierte mich. Ich wurde nervös. Mit einem Mal rollte er langsam sein T-Shirt über dem nackten Bauch hoch, gleichzeitig schob er den Rand seines Slips noch langsamer nach unten. Plötzlich hielt er inne. Ich schloss die Augen.

»Schau hin«, sagte er leise, aber bestimmt.

Ich erschrak, weil ich eine tiefdunkle Linie erkannte, weit unter dem Nabel. Ich sah keine Narbe. Bloß diesen Ansatz seiner Schamhaare, kleine wilde dunkle Kringel, unregelmäßig. Dicht. Die Luft war ein Behälter aus dünnem Glas, in dem ich eingesperrt war und durch den ich die verborgenen Dinge sehen durfte.

Er ließ mich gucken. Ich schluckte. Mir wurde immer heißer.

»Siehst du sie?«, fragte er. Seine Stimme klang fremd, gedämpft.

»Wen?«

»Na, die Narbe. Wo schaust du denn hin?«

»Ich weiß nicht«, sagte ich, hörte meine eigenen Worte kaum. Heiß war mir. Ich wusste nicht mehr, was ich sehen sollte, was nicht. Da entdeckte ich sie: eine weiße, wurmähnliche Aussparung im lebendigen Schwarz.

»Von einem Taschenmesser«, sagte Simon. »Haarscharf vorbei. Einer hat ihn mir abschneiden wollen!«

»Doch nicht wirklich!«, fragte ich entsetzt.

»Fast!« Simon lachte. Der jähe Laut seiner Stimme sprengte die Luft.

»Willst du die Narbe anfassen? Wie all die anderen? Du darfst. Komm!«

»Nein!« Ich erschrak, trat einen Schritt zurück. Simon lachte nicht mehr. Er zog mich an sich.

»Warum nicht?«, fragte er. Es war ein Flüstern.

»Darum.«

»Ich lass dich aber. Ich will es sogar.«

»Aber ich nicht, Simon!«

»Hast du nicht auch wo eine Narbe, die du mir noch nicht gezeigt hast?« Sein Mund war an meinem Ohr, die Worte fielen hinein, machten mich schwindlig.

Ich antwortete nicht. Er streifte meinen dünnen Pullover über meinen Kopf. Ich hatte nichts darunter an. Er drängte meinen Rock über meine Hüften, streichelte mich, wollte schauen, wollte mehr, schließlich hielt ich seine Hände zurück.

»Lass.« Ich legte die Arme um seinen Nacken und er hielt mich fest. Wir sahen uns an. Stumm. Lange. Vielleicht eine Ewigkeit.

Wir hatten über die Grenze geschaut ...

Nichts war mehr wie früher. Ich nahm Gedanken und Gefühle wahr, die sich nicht mehr einordnen ließen. Simon und ich. Ich und Simon. Wir waren uns nahe, sehr, und doch schlich sich manchmal etwas Fremdes zwischen uns. Das wirklich Unbeschwerte war verflogen, es hatte einer geheimnisvollen Neugierde Platz gemacht. Einer verwirrenden Ahnung von dem Neuen, Aufregenden, das wir gemeinsam erleben wollten, an das wir uns atemlos herantasteten. Trotzdem versuchten wir lange uns zu lieben ohne viel mehr zu erobern, als was wir entdeckt hatten.

Wir ließen uns Zeit.

Einen Tag nach meinem vierzehnten Geburtstag hatte Simon jedoch etwas für uns geplant, wovon er mir anfangs nichts sagen wollte. Wir fuhren zu seinem älteren Bruder, der sich im Stadtzentrum eine gemütliche kleine Wohnung gemietet hatte. Der Bruder war nicht da. Simon tat überrascht, doch ich durchschaute ihn. Ich war ihm nicht böse. Ich war stolz auf ihn, dass er sich das mit dem Bruder hatte einfallen lassen. Endlich würden wir allein sein, nur für uns.

Insgeheim hatte ich mir genau wie Simon schon seit längerem gewünscht, einmal ganz ungestört mit ihm zusammen zu sein, ohne Angst, dass jemand plötzlich die Tür öffnete, ohne fremde Stimmen in der Wohnung, ohne Zeitdruck.

Ich glaube dieses besondere Gefühl, dieses eine, ganz starke, Simon total zu spüren, an meinem Körper, in mir, war gar nicht so neu und doch so fremd. Es hatte lange gebraucht und war trotzdem plötzlich da. Jetzt. Hier. In diesem Raum. Und doch erschreckte es mich. Ich wusste überhaupt nicht mehr, was ich wirklich wollte. Simon merkte es, er war enttäuscht, aber er ließ es mich nicht allzu sehr merken. Es war trotzdem schön. Wir saßen auf dem Bett und küssten uns. Wir hörten der Stille und unserem Atem zu, wir hielten uns fest, wir redeten, wir ließen am Fenster den Mond vorbei, der uns einmal gehört hatte.

Es passierte nichts.

Nicht »das«.

Es passierte etwas anderes, es war eigenartig und mir selbst unverständlich. Statt Simon näher zu kommen, zog ich mich zurück. Erklären konnte ich es ihm nicht. Ich versuchte, seinen Berührungen auszuweichen, sei es in der Schule, sei es, wenn wir Freunde trafen, und besonders, wenn wir allein waren.

Immer öfter fragte er mich: »Was hast du jetzt schon wieder?«

»Nichts«, sagte ich und belog mich selbst.

»Aber du bist doch irgendwie anders«, sagte Simon.

»Keine Ahnung. Lass mich einfach. Es hat nichts mit dir zu tun.«

»Mit wem sonst, bitte sehr?«

»Schon mit dir, aber nicht nur.« Ich versuchte es ihm zu erklären, es gelang mir nicht. Ich wusste selber nicht, was in mir vorging. Manchmal stritten wir und Simon war mir fremd.

Ich war mir selbst fremd.

»Ich denke, es hat mit mir zu tun«, sagte ich einmal.

»Du warst doch nie so. Was ist es?« Simon war ratlos.

»Vielleicht brauch ich einfach mehr Zeit für mich. Wir kleben ewig zusammen. Außerdem ... außerdem hab ich Angst, dass jedes Mal, wenn wir uns sehen ... wenn wir allein sind, willst du vielleicht, dass ich ...«

»Jetzt kennen wir uns so lange, glaubst du, ich würde was tun, was du nicht willst?« Simon schien verletzt.

»Nein, das glaub ich eigentlich nicht«, sagte ich ziemlich hilflos.

»Es ist total wichtig, dass du das begreifst, Ines!«

Und doch hat Simon kurz darauf etwas getan, was ich nicht will.

Nie wollte. Nie dachte, dass es passieren könnte.

Er hat sich in Mareike verliebt.

Er hat es mir sehr vorsichtig, sehr unbeholfen vor einem halben Jahr in einem kalten, unpersönlichen Lokal eingestanden. Das, was ich ohnehin seit längerem zu spüren glaubte, ausgesprochen. An diesem Nachmittag schenkte ich ihm ein besonderes Gedicht, schob es ihm zwischen unseren vollen Colagläsern über den kurzen Tisch. Hoffte, dass die Worte ihn zurückholen könnten. Es war ein Liebesgedicht.

Er las es, wurde nervös, schwieg, legte es schließlich wieder zusammengefaltet zurück, genau in die Mitte des Tisches. Grenzlinie. Trennlinie. Er sah mich nicht an. Er wollte etwas sagen, es gelang ihm nicht, er setzte immer wieder an und ich war am Zerspringen vor Angst. Dann sagte er es doch, das mit Mareike, blickte dabei unentwegt in sein Glas, das er mit beiden Händen umfasste, bis Glas und Cola davon warm wurden.

Mareike war letztes Jahr plötzlich in unserer Schule aufgetaucht, weil ihre Eltern aus der größeren Nachbarstadt hierher gezogen waren. Noch dazu kam sie in Simons Klasse.

Mareike kann man nicht übersehen. Schon gar nicht,

wenn man ein Junge ist. Mareike – rothaarig, langbeinig, fröhlich. Und gescheit. Ich konnte es nicht fassen. Wollte es nicht wahrhaben. Seit sie unsere Schule besuchte, wurde etwas zwischen mir und Simon immer weniger. Es hörte auf und das, was uns all die Jahre verbunden hatte, vor allem das Aufregende in unseren Berührungen, verebbte. Es war zwar noch spürbar, aber es pulsierte nicht mehr.

Simons Liebe hatte sich verschoben, schwenkte zurück in Richtung Freundschaft. Jetzt bin ich wieder die Kumpel-Ines.

Wenn auch nicht ganz.

Trotzdem will Simon mich nicht aufgeben, ich weiß, aber für mich sieht es anders aus. Ich kann ihn nicht nur als guten Freund sehen, dazu ist zu viel zwischen uns geschehen. Für mich bleibt Simon der Junge, den ich liebe. Mit allem, was dazugehört. Aber er kann nicht Mareike haben und mich weiter treffen wollen. Auf seine ganz spezielle Art, in der er eben noch immer nicht die Hände bei sich behalten kann.

Deshalb habe ich mich gewehrt, mit den Eltern und meinem Bruder Jens auf Urlaub zu fahren. Ich möchte allein mit mir sein, endlich eine Lösung finden. Denn so kann es nicht weitergehen. Hundertmal habe ich mir den Kopf darüber zerbrochen, ob es wohl anders gekommen wäre, wenn ich damals mit Simon geschlafen hätte. Doch ich glaube es nicht. Ich habe ihn sogar gefragt, als ich mit ihm vor zwei Wochen auf ein Openairkonzert ging. Mareike war nicht mitgekommen, sie war krank. Simon hatte mir ihre Karte geschenkt und ich hab sie genommen, obwohl ich eigentlich ablehnen hätte sollen. Sie hat ihm eine fürchtliche Szene hinterher gemacht. Ich fragte Simon also, ob es damit zu tun hätte, dass ich damals nicht wollte.

»Es hat überhaupt nichts damit zu tun, Ines. Klar war ich enttäuscht. Aber ich hätte warten können«, sagte Simon.

»Warum hast du dann nicht gewartet?«

»Ich kann nichts dafür, dass Mareike ...«

Da hab ich ihn angeschrien. Mitten unter all den Leuten. Meine Stimme war rundum hörbar, durchbrach den fetzigen Schlussakkord der Elektrogitarren, vibrierte auch noch in die Pause hinein. Es war der ungünstigste Moment, um ein derart wichtiges Gespräch zu führen. »Was heißt denn das, verdammt noch mal, du kannst nichts dafür?!! Wer denn sonst?!«

»Das ist alles so furchtbar schwer, Ines ... Es hat sich auch sonst was bei mir geändert, denk ich. Schon lange vor Mareike. Mir geht's nicht so toll!«

»Bist du krank?«

»Nein.«

»Was ist es dann?«

»Eine Menge.«

»Glaubst du, *mir* geht's so riesig? Jetzt tust du dir auch noch selbst Leid, was?!«, schrie ich ihn weiter an. Statt hellhörig zu werden, bezog ich alles auf mich und meine eigene Situation. Was hieß das – »Es hat sich auch sonst etwas bei mir geändert?« ... Erst nachts, in meinem Bett, fiel mir sein Satz wieder ein. Ich dachte immer noch, es hatte vielleicht etwas mit seinen Gefühlen mir gegenüber zu tun.

Ich irrte mich.

Jedenfalls versuchte Simon mich von unseren Sitzplätzen wegzuziehen, einige Konzertbesucher sahen bereits zu uns her, bemühten sich etwas von unserer Auseinandersetzung mitzukriegen. Simon packte meine Hand und zwang mich aufzustehen. Wir verließen das Konzert und er zog mich halb hinter sich her bis zu einem Platz, an dem die Stimmen nur mehr als Brausen zu uns drangen. Wir hockten uns unter einen schiefen Baum ins Gras, ein feindseliger Spalt blieb zwischen uns frei. Plötzlich waren alle Worte in mir weg oder zu viele auf einmal da, jedenfalls nie die richtigen. Ich blickte verzweifelt in den Baum, der war krank und hässlich, seine Zweige hatten trockene, eingeringelte Blätter. Wir starrten beide vor uns hin, stumm. Jetzt, da ich hätte schreien können, so viel ich wollte, ohne Aufmerksamkeit zu erregen, war alles in mir wie zugeschüttet. Bis Simon schließlich »Ich mag dich« sagte. »Ich mag dich noch immer, bitte glaub es mir. Nur ...«

»Nur was?!« Hitze schoss wieder in mir hoch. Zorn. Ich wusste, was kommen würde, hatte mich die ganze Zeit vor diesem Wort, das einmal so schön war, das einmal so viel bedeutet hatte, gefürchtet.

»Lass uns *Freunde* sein. Für immer«, sagte Simon.

Freunde ... da war es, das Wort. Einer tiefen Beleidigung gleich.

»Sind wir das nicht ohnehin seit immer? Freunde ...«, antwortete ich. Ich kannte sehr wohl den Unterschied, wollte ihn herausfordern, bloßstellen, wollte sagen: Möchtest du wieder zurück in die Zeit, als wir elf waren? Ich lachte. Es klang bitter. Ich lachte, während mich die Tränen überfielen. Sie liefen ohne meinen Willen über die Wangen, rannen meinen Hals entlang. Simon tat nichts dagegen, seine Stimme beruhigte mich nicht, wie leise und eindringlich er auch auf mich einredete.

»Bitte wein nicht«, hörte ich ihn endlich sagen. Er stand auf, blickte auf mich herunter. Er sah hilflos aus.

»Diese blöde Kuh«, schrie ich.

»Sie ist ganz anders, als du denkst«, sagte Simon so leise, dass ich ihn kaum verstand. Das brachte mich total auf.

»Wie ist sie denn?!« Meine Stimme brach.

Simon schwieg. Ich wartete ab, er sah zu Boden, die Erde war rund um die Baumwurzeln trocken und rissig.

»Hast du mit ihr geschlafen?? Die wartet ja nicht so lange, die geht doch mit jedem, ist ja bekannt!«

»Tut sie nicht. Du urteilst genauso oberflächlich wie die meisten!«

Er verteidigte sie auch noch. Griff mich an. Antwort auf meine Frage erhielt ich keine. Er schwieg endlos, während ich endlos wartete. Schließlich sprang ich auf, ging voraus, ohne mich nach ihm umzusehen, er kam mir nach, wir gingen stumm nebeneinander unseren gewohnten Weg nach Hause.

Plötzlich schleuderte er es mir entgegen: »Ich hab genug Probleme, glaub mir. Meine Mutter lässt sich scheiden!« Der Satz glich einer Explosion. Bestürzt blieb ich stehen, fasste ihn am Arm. »Ist das wahr??!!«

»Kann man so was erfinden?«

»Warum hast du mir nichts davon gesagt!? Wir reden doch auch sonst miteinander?«

»Was sollte ich dir sagen, Ines? Die hässlichen Worte wiedergeben, die ich zu Hause höre? Ich hab's ja selbst nicht geglaubt. Oder sollte ich dir erzählen, dass meine Mutter ... aber was! Ich kapier einfach nicht, was zwischen meinen Eltern all die Jahre gelaufen ist. Besser gesagt, nicht gelaufen ist. Ich hab bloß mitgekriegt, dass ich der Grund bin, dass sie überhaupt noch zusammen sind. Sie hatten keine Ahnung, dass ich in der Nähe stand, als meine Mutter meinen Vater gerade wieder einmal anschrie: ›Wenn Simon nicht wär, wär ich längst nicht mehr da, das weißt du sehr gut!!‹ Dann warf sie ihm ein arges Schimpfwort an den Kopf und die Schimpfwörter sind nur so hin- und hergeflogen, die kann ich gar nicht wiederholen, und ich hab mich geschämt. Hab sogar kurz überlegt, ob ich überhaupt zu denen gehör.«

Ich stand ziemlich hilflos da, wusste nicht, was ich Simon sagen sollte: »Mir ist nie was aufgefallen bei deinen Eltern.«

»Nach außen hin haben sie immer getan, als wär alles in Ordnung. War es aber nicht. Das hab ich schon länger gemerkt. Aber dass es so weit kommen würde ... Jedenfalls bin ich schuld, dass meine Eltern sich seit Jahren noch mehr streiten. Wenn ich nicht wär, wären sie längst auseinander, verstehst du ...?«

»Du bist nicht schuld, Simon. Es bedeutet bloß, dass sie dich lieb haben. Beide. Jeder für sich. Das ist es. Du bist wichtig für sie. Du siehst das falsch, auch wenn das Ganze total traurig ist!«

»Ich bin die Pufferzone, kapierst du nicht? Der Punchingball. Beide schlagen zu und ich fang die Schläge auf.«

Ich wusste nicht, wie ich Simon trösten könnte. Schweigend und betroffen gingen wir bis vor meine Wohnungstür. Simon wollte mich um die Schultern nehmen, mich auf den Mund küssen. Ich wich ihm aus. Trotz allem. Er hatte in seinen schlimmen Schwierigkeiten Mareike gewählt.

Nicht mich.

Mareike besetzt Simon total. Sie ruft ihn an, lädt ihn ein, schleppt ihn in die Disco ab. Sie weiß genau, was sie tut. Mich endgültig verdrängen. Mich ausbooten.

Ich bin die Zweite. Nicht mal richtig da.

Und er fällt weiter auf sie rein. Aber davon hab ich genug. Auch wenn mir Simon wegen seiner Eltern Leid tut. Er muss sich entscheiden.

Sobald ich jetzt in meiner Wohnung an das denke, was in den letzten Monaten passiert ist, tut mir plötzlich alles weh, als ginge ein Riss durch meinen Körper. Wenn ich nicht bald das Bett verlasse, bin ich heute bis auf das nötige Essen und den Weg zur Toilette nicht einmal aufgestanden. Und das soll mein erster Tag alleine gewesen sein!? Irgendwie hab ich überhaupt keine Lust, rauszugehen. Eigentlich hab ich zu gar nichts Lust. Ich kann heute endlos faulenzen und niemand meckert oder will etwas von mir.

Aber *ich* will etwas: In dieser Woche, in der uns Mareike nicht mit ihrer Gegenwart und ihrer Eifersucht stört, mach ich Schluss damit.

Schluss damit, die Zweite zu sein.

Nirgends wirklich hingehören. Nicht zu ihm. Nicht einmal zu mir.

Morgen sage ich es Simon.
Sieben Tage geb ich ihm.
Dann ist es aus.
Oder es fängt erst richtig an.

Montag

Endlich einmal wache ich auf, ohne dass mich Jens' oder Papas Klospülung aus dem Schlaf holen. Was für ein Gefühl, unabhängig zu sein! *Ich* wähle die Geräusche, die Gerüche, den Tag! *Ich* bestimme, wann ich aufstehe und wohin ich gehe, ohne irgendjemand Rechenschaft ablegen zu müssen.

Am besten, ich hüpf aus dem Bett, bevor mich wieder die Faulitis packt. Ich will nicht, dass mein zweiter kostbarer Tag zwischen Träumen und Grübeln vergeht.

Eigentlich hab ich Hunger. Ich hab gestern außer dem gemeinsamen Frühstück, bevor die Eltern weggefahren sind, bloß Kekse und Chips gegessen. Und einen Apfel. Vielleicht mach ich diese Woche endlich meine längst fällige Diät. Obwohl ich Mareike nie einholen werde, ich kann mich mit ihr nicht mal am rechten Arm messen. Einen schmalen Silberreif trägt sie manchmal am Oberarm, einen ähnlichen wie meine Schwester früher. Den hab ich Anika einmal heimlich weggenommen und ihn probiert. Es gelang mir kaum, ihn ein paar Zentimeter über den Ellbogen hochzuschieben. Um den hübschen Silberreif hat sich meine Haut wie ein Fettring gelegt und ich sah, wie ich etwas Schönes in etwas Hässliches verwandelte.

Nein. Mareike hole ich nicht ein. Aber mich – Ines – will ich wieder im Spiegel ansehen können, ohne dass mir die Tränen kommen, ohne dass ich mich schnell wegdrehe, ohne dass ich mich selbst verabscheue.

Ab heute werde ich Vegetarierin und nehme fünf Kilo ab. Ich weiß ohnehin nicht, wie man Fleisch kocht. Außerdem ekle ich mich vor dem Rohen, vor den Fasern, den Sehnen und dem Blut. Ich geh auch nie mit zum Fleischer. Für meinen Bruder Jens ist das wie ein Ausflug. Er erzählt mir die scheußlichsten Dinge, wenn er mit Mama einkaufen war. Wie der Fleischer mit dem Beil die Knochen zerhackt hat. Wie er das weiße, glänzende Fett weggeschnitten hat, den roten wabbeligen Klumpen mit den wabbeligen weißen Fingern festgehalten hat, wie er das Huhn geviertelt, ihm die Haut weggerissen, die Füße ...

»Hör auf!«, schreie ich dann. Ich halte mir die Ohren zu und Jens lacht.

Ich hole meine Tagebucheintragung von gestern Abend nach. Ich schreibe nichts hinein, kein Wort. Das hat seinen Grund. Ich *zeichne* Tagebuch, ich kann überhaupt sehr gut zeichnen. Aber auch ohne Worte sind zwischen diesen Blättern meine innersten Bilder, meine innersten Gedanken verborgen, nur für mich lesbar. Körperworte. Seelenworte.

Welche Farbe gebe ich dem gestrigen Sonntag? Lichtblau, Schilfgelb, Traumweiß und dickes Schwarz. Ich male Linien, Rechtecke, Fragezeichen, Farbflecke. Sie bilden meinen Geheimcode. Von den Zeichen lese ich meine Erlebnisse und Gefühle ab, ich erinnere mich an alles. Ich merk mir auch nach Jahren, wenn mir jemand wehgetan hat. Simon behauptet, ich sei nachtragend. Das stimmt nicht. Ich trag nichts nach. Ich trag es nur mit mir.

Seit ich heimlich in Anikas Tagebuch gelesen habe, traue ich keinem. Deshalb schreibe ich nichts auf ...

Anika war unvorsichtig. Sie ließ einmal ihr Tagebuch offen auf ihrem Tisch liegen, bevor sie zur Schule ging. Ich hatte Grippe und mir war langweilig. Ich schlich in ihr Zimmer und sah mich um. Da entdeckte ich es. Anika war fast fünfzehn, so wie ich heute, und ich dachte nicht, dass sie ein geheimes Buch führte. Sie verbarg viel. Ich stand also in ihrem Zimmer und wusste, dass ich es nicht tun sollte. Nicht durfte. Dass es gemein war. Und doch tat ich es. Ich ging immer näher ran an die aufregenden Seiten, beugte mich vor, erfasste ein Wort, tat noch einen Schritt, stahl einen Satz, setzte mich hin und nahm mir alles, was da stand:

... Dennis streichelte erst unglaublich sanft meinen Busen, plötzlich griff er fester zu, es tat weh, dabei stieß er mir die Zunge in den Mund und ich hatte den Eindruck, er würde mich mit der Zunge nehmen, das war ein total irres Gefühl. Immer wieder. Dann hörte er auf, glitt mit der Zunge über meine Zähne, saugte an meiner Unterlippe, ich verlor fast den Verstand, ich wollte ihn sofort und total, aber Dennis ließ sich unglaublich viel Zeit und machte mich noch schärfer. Wie macht er das bloß? Ich meine, wie hält er sich so lange zurück? Dann ...

Manchmal hörte ich auf, wenn es am dichtesten wurde, wenn ich meinen eigenen Atem vernahm, und kam erst am nächsten Tag wieder, während ich mir nachts die Bilder zu Ende dachte, Anikas Lust spürte, sie mir borgte, sie mir zu Eigen machte ...

Ich lernte viel und wurde oft rot, während ich gierig las. Auch deshalb, weil ich es war, ihre Schwester, die in Anikas Geheimnisse eingedrungen war. Weil alles, was hier geschah, verboten war. Ich staunte, was meine Schwester in ihrer Freizeit, die sie angeblich bei ihrer Freundin verbrachte, in Wirklichkeit trieb und wie gut sie Bescheid wusste. Wie geschickt sie sich doch hinter ihrem unschuldigen Lächeln verstecken konnte! Immer lächelt sie, wie Mona Lisa. Alle fallen darauf rein. Sogar die Eltern. Sie war immer schon die Süße, die Kluge.

Ich war immer nur Ines.

Die in der Mitte. Die zwischen zwei besonderen Geschwistern.

Ich hab Anikas Lächeln, dieses bestimmte, gewinnende, nie gelernt.

Hab Jens' lebhafte, einnehmende Art nie besessen.

Ich weiß, wer *sie* sind. Aber wer bin *ich*?

Jedenfalls beobachtete ich, wo Anika den Schlüssel zu ihrem Tagebuch versteckte, und las weiter darin. Ich lernte eine Menge. Heiß und kalt wurde mir. Ich hatte eine total verdorbene Schwester, an deren Intimleben ich nun teilhatte, das ich in mich hineinsog,voll Neugierde, aber auch voll Lust.

Eines Tages überraschte ich Simon mit einem Liebestrick, den ich bei Anika gelesen hatte und der bei ihrem Freund angeblich super gewirkt hatte. Simon gefiel es nicht. Es hatte überhaupt keinen Effekt auf ihn. Sicher stellte ich mich ungeschickt an, er merkte, dass ich etwas probierte, was nicht von mir selbst, nicht aus meinem eigenen Gefühl und Wissen stammte.

»Lies keine blöden Ratschläge in irgendwelchen blöden Zeitschriften!«, sagte Simon. »Oder hast du etwa heimlich ein Pornovideo geschaut?«

»Spinnst du? Meine Eltern haben doch keine Pornos?!«, antwortete ich entrüstet. »Mama ist streng katholisch und Papa macht meistens, was *sie* will.«

»Hast du eine Ahnung«, sagte Simon bloß.

Stimmt. Ich hab oft keine Ahnung, was wirklich passiert.

Auch von Mareike hatte ich anfangs keine Ahnung.

Aber die verscheuche ich jetzt aus meinen Gedanken. Die hat hier, in meinem Reich, in dem heute nur ich etwas zu sagen und zu bestimmen habe, nichts zu suchen. Ich lass mir mein Frühstück schmecken. Eiskalte Cola und Schinkentoast. So ziemlich das Einzige in dem verwaisten Kühlschrank außer einem Stück Käse, der stinkt, Restbutter, drei Äpfeln, nicht meine Sorte, und einem halb leeren Päckchen Milch, das sich bald in Joghurt verwandeln wird.

Das hier reicht nicht einmal für ein drittklassiges Kantinenessen. Mehr an Essbarem hat Mama nicht im Angebot zurückgelassen, außer den üblichen Grundnahrungsmitteln. Aber die muss man erst kochen. Nichts für mich. Das soll scheinbar meine Strafe dafür sein, dass ich mich geweigert habe mitzufahren, also werd ich heute erst mal einkaufen gehen. Zum Glück haben mir die Eltern Geld dagelassen, »Selbstversorgungsbudget«, nennen sie es. Ich muss genau aufschreiben, was ich ausgebe und wofür.

»Dann sieht sie mal, wie teuer alles ist«, hat Mama gesagt.

Zählen neue Klamotten auch zur Selbstversorgung? Ich fürchte, dafür wird das Geld nicht reichen.

Erst seh ich mir ein Video an. Papa und Mama sind nicht da um mir vorzuzwitschern, dass ich an die Luft gehen soll und dass man nicht den ganzen Vormittag vor dem Fernseher verbringt. Auf Jens und seine blöden Kindersendungen brauche ich auch keine Rücksicht zu nehmen. Eine Wohltat, wenn der einmal nicht in der Nähe ist! Immer muss ich nachgeben, weil er der Jüngere ist, dabei konnte der sich schon mit zwei Jahren durchsetzen. Kaum hat ihm was nicht gepasst, hat er zu schreien begonnen und ich hab die Schimpfer abgekriegt. Jetzt ist er zwölf und ein Monster. Nun müssen sich die Eltern selbst um das Nervensägen-Monster kümmern.

Ines als Aufpasserin und Freizeitgestalterin fällt aus.

Wenigstens ist es heute nicht so still in der Wohnung, das Haus ist wieder belebt, die Straßen auch. Trotzdem erschrecke ich, als das Telefon schrillt. Etwas zieht sich in mir zusammen am Weg dorthin. Kommt vielleicht vom Gletschercola auf nüchternen Magen. Und wenn es Simon ist? Insgeheim warte ich auf seinen Anruf. Eigentlich schon von dem Moment an, da ich Mareike in den Wolken wusste. Aber der ruft bestimmt nicht an, das hat sie ihm garantiert verboten. Der darf mich ja nicht mal richtig ansehen, die flippt total aus. Hat er selbst zugegeben.

Ich greife nach dem Hörer, überlege, ob es vielleicht auch meine Schwester sein könnte. Die Eltern haben ihr aufgetragen, mich jeden Abend anzurufen. Hat sie gestern natürlich nicht gemacht. Wusste ich ja. Gott sei Dank ist kein Verlass auf sie. Ich brauch sie nicht.

»Hallo, Kleine? Was hast du so den ganzen Sonntag getrieben?« Es ist Anika.

»Ich hab geschlafen. Mein Alleinsein ausgelebt!«

»Das nennst du *ausleben*, wenn du den ganzen Tag pennst?«

Immer muss sie mich kritisieren. Und dass sie mich dauernd »Kleine« nennt, nervt mich besonders. Wenn sie wüsste, dass sie mir fast gar nichts mehr voraus hat, jedenfalls was das Erwachsensein betrifft. Und was zwischen ihrem Freund und ihr so alles läuft, hab ich ebenfalls durchprobiert. Wenn auch nur *fast*. Jedenfalls mit Simon. Nicht mit einem Schafskopf! Und nicht mit zwanzig anderen, mit denen sie rumgemacht hat!

»Was gibt's?«, frage ich sie.

»Du ... also es ist so ... ich bin diese Woche wahrscheinlich auch nicht da. Aber die Eltern dürfen nichts davon wissen.«

Ihre Nachricht versetzt mir trotz allem einen ziemlichen Schreck. »Und wo bist du? Und wieso dürfen Mama und Papa es nicht erfahren?«

»Weil ich doch angeblich auf dich aufpassen soll! Wie konnte ich ahnen, dass du Punkt jetzt auf einen Einsamkeits-Trip abfährst und dass ich durch dich hier festsitze?!«

»Um mich brauchst du dich nicht zu kümmern, okay! Ich komm ganz gut allein zurecht. Also wo fährst du hin?«

»Thomas hat tatsächlich freibekommen und wir haben an der Restkartenbörse einen Flug nach Griechenland gebucht! Ich sag's doch immer: Alles ist möglich, wenn man nur dran glaubt!«

Ich hasse ihren Spruch. Er wirkt nur bei ihr. Griechenland ...

Sie hat den Flug.

Ich hab den Traum.

Am liebsten würde ich ebenfalls abhauen. Genau wie sie in einem Flugzeug, aber in Richtung Australien. Weiter weg als weit. Australien wäre ein guter Fluchtort. Griechenland wäre auch nicht schlecht. Nur fehlt mir einiges dazu, was die Reise erheblich erschweren könnte. Geld und Erlaubnis. Mit einem Wort, die totale Freiheit, mich für das zu entscheiden, was ich wirklich möchte. Am besten gemeinsam mit Simon.

Anika behauptet, die Freiheit beginnt im Kopf. Sie hat sie schon. Jedenfalls einen Teil davon. Sie kriegt ja fast immer, was sie will. Aber wo endet die Freiheit für mich? Spätestens vor dem Flugzeugschalter oder am Bahnhof.

Manchmal schon, wenn ich die Wohnungstür öffnen will, um abends irgendwo Freunde zu treffen.

»Gute Reise, Anika«, sage ich. »Falls die Eltern mich fragen, behaupte ich, dass du angeblich jeden Abend anrufst, mach dir keine Sorgen. Du warst sogar hier um zu sehen, ob ich nicht vergammle. Aber was ist, wenn sie *dich* anrufen und du meldest dich nicht? Ich weiß nicht, ob das gut geht, du?«

»Ich bin fast neunzehn. Ich kann machen, was ich will, brauch nicht wegen jedem Dreck um Erlaubnis zu fragen.« Wie du – wollte sie hinzufügen, unterlässt es aber diesmal. »Ich kann wegfahren, so viel ich will! Das Geld dazu verdien ich mir schließlich auch!«

Sie macht mich wieder klein. Zählt auf, was sie Tolles leistet, sogar neben ihrem Wirtschaftsstudium, und dass sie sich ihre Freiheit holt, wann sie will. Im Unterschied zu mir. Seit sie abends in dem Stadtlokal als Kellnerin jobbt, glaubt sie, dass sie Miss Klatschspalte ist und die Welt ihr gehört.

»Ich weiß, was du alles kannst«, sage ich. »Ich hab dich gefragt, wie du es anstellst, dass die Eltern nichts mitkriegen.«

»Ich ruf sie selber an. Sie wissen ja nicht, von wo ich anrufe. Außerdem ... Unser Verhältnis ist ja nicht gerade das Beste, seit ich ausgezogen bin, schon vergessen?«

»Du bist selber schuld dran, das weißt du sehr gut. Du hättest sie immerhin warnen können und nicht von heute auf morgen ausziehen. Noch dazu, wo sie Thomas nicht leiden können.«

»Ich such mir meine Freunde nicht nach dem Geschmack meiner Eltern aus. Es ist mein Leben.«

»Den Spruch kenn ich zur Genüge. Mich brauchst du nicht zu überzeugen. Du hast ihn oft genug durch alle Zimmer geschrien. Die ewige Streiterei zwischen dir und Mama war auch nicht gerade lustig für mich!«

»Jetzt bin ich ja weg.«

Gott sei Dank, hätte ich beinahe gesagt.

»Meinst du, du kommst alleine zurecht? Ist übrigens Simon da?«

»Nein!«, sage ich scharf. Leider stimmt es. Ich kann bis zur Terrasse durch alle Zimmer sehen. Er ist nicht da.

Als ich den Hörer auflege, ist der Tag gelaufen. Das spür ich. Ich hab keinen Mut, Simon anzurufen, bin nicht mehr in der Stimmung. Irgendwie erfasst mich plötzlich Panik und ich lasse blitzschnell eine Reihe mir vertrauter Namen durch den Kopf ziehen, Menschen, an die ich mich im Notfall wenden könnte. Ich meine, falls die Pocken ausbrechen, ein Atomreaktor explodiert oder ich mir aus kochtechnischen Gründen eine Vergiftung hole.

Nicht mal meine beste Freundin Hannah ist in der Stadt. Manuela und zwei von unserer Clique sind zwar nicht in die Ferien gefahren, aber die sind bloß gut um Spaß zu haben, mit ihnen ins Kino zu gehen oder um über Jungs zu reden.

Aber nicht über Pocken.

Nicht über Atomreaktorunfälle.

Nicht über meine Kotzangst.

Die würden mich auslachen. Sogar Simon würde das.

Vor der Zeit mit Mareike hätte ich noch mit ihm reden können. Da waren Simon und ich uns in allem nah. Jetzt ist sie dazwischen und ich will mir keine Blöße geben. Die kleine Ines, die zu Simon rennt.

Ich schau in den Spiegel. Ich hab meinen Stolz. Ganz

dicht geh ich an den Vorzimmerspiegel ran, weich fällt das Licht auf mein braunes Haar, Sonnenhaar, gar nicht mehr so schnurgerade, schön ist es. Leider viel zu kurz. Ich lass es wieder wachsen. Auch wenn ich nie Mareikes Mähne haben werde. Nie ihre Wellen, die dem Haar genau jenen Schwung geben, den es braucht um nicht wie abgebissen auf den Schultern aufzuliegen. Wenn ich mich gerade halte, kommt auch mein Busen besser raus und der Bauch wirkt flacher, und wenn ich so von unten rauf seh, hab ich einen ganz bestimmten Blick, einen, der durch und durch geht, sagt Simon. Ich seh diesen Blick nicht, aber wenn er auf Simon wirkt, umso besser. Ich kann den Blick gut brauchen, wenn ich mit ihm reden werde. Nur wann? Und wo?

Morgen ist er vielleicht im *3D*, seit neuesten spielt er Poolbillard. Ich kreuz dort normalerweise nicht auf, weil ich immer Angst habe Mareike zu begegnen, außerdem kann ich nicht Billard spielen. Aber morgen versuche ich es. Ich geh einfach hin.

Als ob das so einfach wäre!

In letzter Zeit steht Simon auf Lippenstift und geschminkte Augen. Ich hab mich nie angemalt, Simon fand es gut so.

»Wenn's einer steht, wenn es zu ihrem Typ passt, kann es schon total gut aussehen«, hat er neulich zu mir gesagt und Mareike gemeint. Er hat jedoch hinzugefügt: »Du brauchst das nicht, Ines. Du bist auch so schön.« Er hat mich an sich gezogen und wollte mich küssen.

»Nicht«, hab ich gesagt und seinen Kopf abgewehrt.

Warum tut er das? Warum hält er sich selbst nicht an das »Nur-mehr-Freunde-Sein«? Ich merk es immer wieder, dass er mich noch mag. Sehr. Dass er mich manchmal auch begehrt. Genau das macht es so schwer. Außerdem verbindet uns so viel. Das kann Mareike nie einholen. Aber sie holt sich was anderes.

Das andere, das ich will. Nur ich.

Oder gar nicht mehr.

Am letzten Schultag hab ich die beiden wieder eng zusammen gesehen, ich meine, es ist ganz normal, ich weiß, trotzdem tut der Anblick weh. Ich lief nach dem letzten Unterricht noch einmal hoch, weil ich etwas in der Klasse vergessen hatte, da habe ich Mareike und Simon am Gang erwischt, wie sie ihm gerade mit Hingabe Mitesser ausdrückte. Ich hab das nie gemacht. Igitt! Bei mir hatte er auch keine, die hat er erst durch sie gekriegt!

Der letzte Schultag war überhaupt irgendwie komisch.

Besonders der Workshop im Freien, das Rollenspiel, »Führen-und-Geführt-Werden«, um das Tast- und Wahrnehmungsgefühl zu vertiefen. Mir wurde ausgerechnet Mario zugeteilt, der wegen seines kleinen Wuchses meist jede Menge blöder Bemerkungen und Schimpfworte von den anderen Jungs einstecken muss.

Das geht schon Jahre so. Früher haben sie ihm öfter mal seine Jacke in den Mülleimer gestopft oder ein faules Ei in der Schultasche versteckt. Lauter Feiglinge, die dann geglaubt haben, sie seien stark. Aber stark ist in letzter Zeit Mario, nicht nur weil er Selbstverteidigung macht und auch im Sport Spitze ist, sondern weil er nicht mehr klein beigibt, der schlägt auch schon mal ordentlich zu.

Zu mir war Mario jedoch nett auf diesem Workshop, ein bisschen eigenartig finde ich. In einem ganz bestimmten Augenblick geschah etwas zwischen ihm und mir, wirklich nur ganz kurz, es erstaunte mich und es war total schön.

Aber das ist eine andere Geschichte.

Jedenfalls war dieser letzte Schultag randvoll mit allem, was es gibt. Lauter angenehme Dinge. Leider die meiste Zeit für andere. Nicht für mich. Ich bin ja nicht nur bei Simon, sondern auch sonst fast immer die Zweite, wenn's um die Verteilung von Pluspunkten im Leben geht. Falls es mich überhaupt gibt. Manchmal bin ich mir da nicht so sicher. Der Tag vor den Ferien war wieder einmal ein Beweis dafür.

Hannah, meine Freundin, hat ihre erhoffte Eins in Mathe

geschafft. Ich eine Vier. Auf die bin ich schon seit Jahren abonniert.

Manuela wurde von Oliver auf seine Geburtstagsfete eingeladen. Ich nicht.

Sogar Mario war erfreulicher Mittelpunkt. Er brachte Supermusik mit und bekam jede Menge Zuspruch. Ich hab bloß meine fünf Kilo Übergewicht mitgebracht.

Und Thorsten, der in den meisten Gegenständen hinter mir sitzt und mir blöde Sprüche zuflüstert, hat seinen neuen Karategürtel rumgereicht. Ich besitz nicht mal einen normalen Gürtel, weil meine Taille für so was nicht geschaffen ist.

Auch meine Schwester hat wieder einmal was bekommen, was sie herzeigen kann: Sie hat gleich im ersten Anlauf den Führerschein kassiert. In ihr Auto steig ich aber nur unter vorgehaltener Pistole ein, Anika kennt bloß zwei Fußstellungen: Vollgas und Vollbremse. Wahrscheinlich hat sie den Fahrprüfer mit ihrem Mona-Lisa-Lächeln bestochen. Geschafft hat sie's jedenfalls.

Dafür schafft mich seit gestern meine Regel. Ausgerechnet jetzt kündigt sie sich an. Die kann ich in dieser Woche überhaupt nicht brauchen, weil ich gut aussehen will, wenn ich mit Simon rede.

Nicht dass ich etwas Bestimmtes vorhätte, wie mich an ihn ranzuschmeißen, weil Mareike nicht da ist, oder dass ich was in Richtung Schmusen plane. Nein. Ich verlange eine klare Aussprache. Selbst wenn ich oft an was anderes denke, das ich mit Simon tun könnte, mindestens so oft, wie die Schulglocke läutet. Und selbst wenn ich es mir fast so oft vorstelle, wie ich Schokonaps in mich reinstopfe. Ein Päckchen täglich, sechsundzwanzig Stück sind drin, und nachts träum ich manchmal weiter. Nicht von den Naps. Sondern von Simon. Ich war ja schon so nah dran. An ihm. Er fehlt mir so. Manchmal ist es wirklich schön, wenn wir uns immer noch sehen und reden. Hinterher bin ich aber oft traurig oder sogar wütend, weil nichts mehr so ist, wie es war. Ich hab ihn. Und hab ihn doch nicht.

Ines im Niemandsland.

Also meine »Tage« kann ich jetzt wirklich nicht brauchen! Und vor allem nicht das typische Ines-Markenzeichen, das »regelmäßig« vor der Regel auftaucht, links unten am Kinn, ein widerlicher Eiterpickel, morgen vielleicht ein anderer, klotzig auf der Stirn, danach weitere Miniausgaben als Antiflirtsignale über das Gesicht verteilt. Nicht einzudämmen, am allerwenigstens mit den angeblichen Super-glatte-Haut-Wässerchen aus der Werbung. Alles Lüge! Manchmal schwitze ich auch in dieser Zeit unter den Achseln und ich hab das Gefühl, jeder kann es riechen. Simon bestimmt, weil er mir sicher wieder ganz nahe kommt. Irgendwie versteh ich ihn ja. Zwischen uns sind diese Gesten so vertraut! Von früher. Seit immer. Er sieht meistens gar nichts mehr darin. Es ist für ihn ganz natürlich, mich zu berühren, weil wir seit ewig »Freunde« sind. Aber für mich erzeugen seine Berührungen immer noch Hautschauer, erregend, ich kann das Gefühl nicht abschalten, manchmal reagiere ich bis tief in den Bauch hinein. Er legt die Hände auf meine Hüften oder um meine Taille, er nimmt mich um die Schultern, er flüstert mir was ins Ohr, lieb, nett, und für mich ist es mehr.

Wenn ich an Simon und meinen Entschluss denke, spür ich sofort dieses Ziehen in der Brust. Und wenn ich ihn jetzt gleich anrufe? Um diese Zeit ist er bestimmt noch zu Hause. Meine Finger sind klamm, als könnten sie keine einzige Telefontaste drücken. Heiser bin ich. Verrückt ist das.

Er ist da. Ich bin da.

Und nichts geschieht.

Am besten, ich streich mir noch einen Toast mit dem Marmeladenrest, ich brauch jetzt was Süßes. Mist! Der Deckel ist so verklebt, dass ich ihn nicht aufkriege! Ich versuche zwei Löcher reinzuschlagen, so lässt sich der Deckel ganz leicht öffnen. Den Trick hab ich von Simon. Bloß funktioniert er diesmal nicht, wahrscheinlich weil der Schraubverschluss mit Marmeladenresten zugekleistert ist. Ich erinnere mich an Trick Nummer zwei: heißes Wasser über das Glas fließen lassen, löst das Klebrige auf. Nur ist jetzt die Marmelade auch voll Wasser, weil es durch die Löcher geronnen ist. Die ess ich bestimmt nicht! Ich nehm einen Schluck Milch direkt aus dem Päckchen, pfui Teufel, die ist ja sauer, ich könnte sie augenblicklich rausbrechen, würge, trinke kaltes Wasser nach. Ich finde, dass ich Rabeneltern habe.

Nichts wie hin in den Supermarkt, ab jetzt versorge ich mich selbst, außerdem ist es in der Wohnung so heiß, dass ich am liebsten nackt rumlaufen würde. Ja! Ich bin so frei, so riesig endlos frei, dass ich splitterfasernackt durch alle Zimmer rennen kann! Irgendwie ist mir aber nicht danach, vielleicht hockt jemand heimlich in einer Ecke und beobachtet mich. Vielleicht schaut jemand von gegenüber herein oder sogar aus dem eingeschalteten Fernseher. Als ich klein war, hab ich geglaubt, dass die Menschen wirklich in dem Bildschirmkasten sitzen, mich ansehen und zu mir reden. Ich wollte immer mein schönstes Kleid zum Fernsehen anziehen und es war angeblich der einzige Ort, an dem ich nicht in der Nase gebohrt habe.

Mir klebt das T-Shirt auf der Haut, so heiß und feucht ist es heute. Als ich die Wohnungstür öffne, geht auch nebenan die Tür auf. Wenn bloß nicht die alte Frau Petzold rauskommt, das kostet mich den halben Tag im Treppenhaus, bis sie mir die letzte Windelmeldung ihrer zehnten Enkelin durchgefaxt hat. Ich galoppiere die Stufen hinunter, werde von einer Stimme hoch über meinem Kopf aufgehalten.

»Hallo.« Ein ziemlich verrückt aussehender, dunkelhaariger Typ geht gemächlich hinter mir die Treppe runter, grinst. Groß ist er. Wesentlich älter als ich.

»Hallo!«, murmel ich verdattert. Wo kommt denn der

her? Doch nicht von der Nachbarin? Er hält mir unten sogar das Gartentor auf, das Höfliche passt gar nicht zu dem. Echt wild sieht der aus! Seitlich rasiertes Haar. Tiefschwarze lange Stirnfransen, die knapp über den dunklen Augen enden.

»Wohnst du hier?«, fragt er.

Ich mag die Stimme. »Ja«, sage ich.

»Dann bist du Ines?«

»Wieso weißt du das?«

»Von meiner Großmutter. Ist doch deine Nachbarin, oder?«

Ich bin erleichtert. Kein Fremder also. » Hat sie dir noch was über mich erzählt?«, frage ich.

»Gibt's da was, was ich versäumt hab?« Er macht sich lustig.

Warum musste ich auch so etwas Blödes fragen. Ich seh nicht gerade wie jemand Interessanter aus. Bin bloß Ines.

Der Typ dreht sich eine Zigarette, hält mir eine kleine Dose mit Tabak hin und ein flaches Päckchen mit hauchdünnem Papier. »Frag Christian, der weiß, was dir gut tut.«

»Das weiß ich selbst. Danke.« Ich lehne ab.

»Kriegst du's auch? Ich meine ... was dir gut tut?«

»Manchmal«, sage ich vorsichtig. Er grinst schon wieder. Sein linker oberer Schneidezahn überkreuzt im unteren Drittel den Nachbarzahn. Es stört nicht. Er schwingt sich auf sein schwarzes Fahrrad, steigt plötzlich wieder ab, greift in seine Jeanstasche, steckt mir einen zerknittterten Flyer zu.

»Vielleicht sehen wir uns dort!«

Wednesday – 12th Funk 'n' Soul Videoanimations – lese ich. Darauf steh ich nicht. Ich mag Techno, aber seit ich nicht mehr mit Simon gehe, war ich selten in der Disco. Christian ist bereits auf und davon. Ich bleib mit meinem Einkaufssack zurück und spiele Hausfrau.

Ich muss aufpassen, dass ich nicht zu viel kaufe, vielleicht sollte ich mir gezielt überlegen, was ich diese Woche essen möchte. Schnitzel. Ist nicht gerade vegetarisch. Ich deck mich vorerst mit Chips ein, als eiserne Reserve. Am besten, ich kaufe mir Fischstäbchen, die sind schnell zubereitet. Dazu Pommes frites, die brauch ich nur ins Backrohr zu schieben. Jetzt noch meine geliebten Schokonaps und gleich eine Zehnerpackung Eier. Im Eiaufschlagen bin ich gut. Mein Wagen füllt sich mit Butter, Milch, Brot, Coladosen. Und obenauf ein Eis. Das wär's fürs Erste. Ich staune, wie viele Leute um diese Zeit an der Kassa stehen! Eine ältere Frau schiebt sich mit ihrem halb leeren Einkaufswagen an mir vorbei, schummelt sich in die Reihe, als ich mir gerade die Titelblätter der Zeitschriften ansehe. *In vier Wochen zur Traumfigur!* Die Zeile tanzt verlockend vor meinen Augen. Okay. Die Traumfigur nehm ich mit und leg dafür die Schokonaps zurück. An der Kassa bekomme ich einen Schreck, weil die paar Sachen in meinem Wagen so teuer sind. Wie soll ich da bis Sonntag auskommen? Bei den Preisen bietet sich eine Diät ganz von alleine an.

Der Einkaufssack wiegt ziemlich schwer, trotzdem gehe ich noch ins Plattengeschäft. Ich gönn mir eine CD von meinem letzten Taschengeld. Eine, die mir die Ohren voll dröhnt, die ich so laut spielen werde, dass die Wände zittern und der Steinboden auf der Terrasse Sprünge kriegt.

Frei bin ich! Frei, so laut Musik zu hören, wie ich will. Ich kann es gar nicht erwarten, nach Hause zu kommen.

Zu Hause stell ich die Tragtasche kurz im Vorzimmer ab, leg erst mal die Musik ein. Genauso laut, wie ich es mir vorgestellt habe. Mir ist nach Tanzen. Ich tanze. Reiß die Türen auf, freie Bahn für mich, tanze durch alle Zimmer. Jetzt ist er da, der Luftsprung, auf den ich gewartet habe, in tausend kleine Luftsprünge hat er sich aufgelöst, in mir drin, hüpft aus mir raus, volle Lebensfreude.

Keine Anika, kein Jens, keine Eltern, keine Mareike.

Leider auch kein Simon.

Aber *ich* bin da.

Ich. Ines! Füll jeden Winkel dieser Wohnung mit mir aus!

Ich tanze mit wilden Arm- und Beinbewegungen, mit wippendem Körper, wirble in die Küche. Stolpere vor Entsetzen. Reiß die Augen auf. Wanke einen Schritt zurück. Grauenhaft! Schwarz, klein, eklig wimmelt es von ihnen. Überall. Manche haben sogar Flügel! Dutzende Ameisen laufen in, um und über das Marmeladenglas, quer über den weißen Kachelboden, dringen aus Ritzen und Ecken, ich weiß gar nicht, wo ich anfangen soll. Ich renne zum Putzmittelschrank, suche verzweifelt nach einer Dose Ameisenspray. Nichts da. Ich reiß ein großes Stück von der Küchenrolle ab, befeuchte es, beginne die Ameisen wie wild zu töten, zwei, drei auf einmal, zertrete, zerdrücke, zerquetsche. Viele winden sich noch. Immer neue kriechen von überall herbei, flüchten in Panik in alle Richtungen, ballen sich an einem Punkt, strömen wieder aus. Beinahe atemlos vernichte ich hysterisch, ziellos, ohne aufzuhören, so viele ich kann. Zäh sind sie. Ameisen können einen Atomkrieg überleben ...

Nur die, die Flügel haben, lasse ich aus. Die mit den Flügeln kann ich nicht töten. Diese wunderschönen, verfänglichen Flügel ... hauchdünner, traumweißer Irrzauber. Nicht berühren ... einen Augenblick halte ich inne. Beobachte wie erstarrt.

Plötzlich spüre ich wieder diesen Schmetterlingsflügel von damals auf der Haut meiner Handfläche. Kinderhand. Schwitzig, klebrig. Immer wieder sehe ich auf ihr den hellgelben, leuchtenden Flügel, abgetrennt vom Schmetterling. Vom leuchtend gelben samtigen Schmetterling. Ich glaube, es war ein Zitronenfalter.

Ich war sechs oder sieben, spielte allein auf der Wiese, fing Heuschrecken, zitterte vor Lust, wenn die Beinchen in meiner Hand kribbelten, sich zu befreien versuchten, sah eine Kröte, berührte sie, auch sie hüpfte davon. Ich lief den

Schmetterlingen nach, weit hinein in die Wiese, verfolgte einen besonderen, gelben, der mich lockte, stülpte die Finger locker über ihn, sobald er sich niederließ. Er flatterte zwischen den Fingern hindurch. Ich gab nicht auf, sprang hinter ihm her, von Blume zu Blume, wollte ihn fangen und wieder loslassen, nur dieses aufregende, zarte Kitzeln auf der Haut spüren. Das verzaubert Lebendige sollte kurz mir gehören. Da! Blitzschnell warf ich die Hand über ihn, schloss die Finger, nur leicht. Gefangen! Gefangen! Als ich genug von dem aufgeregten Flattern gespürt hatte, öffnete ich voll Erwartung das Gefängnis, blickte auf meinen Handteller. Staubgelb war der, wie eine gelbe Wunde, gelbes Blut, gelbe Haut, toter Schmetterling. Ein hauchzarter Flügel bewegte sich leicht im Wind. Der andere verschmolz mit meiner Haut. Entsetzen. Ich hatte doch gar nicht fest zugedrückt! Beim Versuch, sich von meiner klebrigen Haut zu lösen, davonzufliegen, war der Schmetterling entzweigerissen ...

Ich kann mich der Ameisen nicht erwehren. Wo ich hinsehe, kriecht eine, kommen neue hervor. Ich bin vollkommen erschöpft. Läute bei der Nachbarin an, ob sie mir einen Insektenspray borgen könnte. Nicht einmal eine Notfalldose haben die Eltern zurückgelassen. Frau Petzold kommt gleich mit rüber und hilft mir beim Vertilgen.

»Eine Plage ist das!«, sagt sie. »Besonders wenn es so schwül wie heute ist. Fliegende Ameisen tauchen meistens in Schwärmen auf, bevor ein Gewitter niedergeht. Wusstest du, dass die Männchen nach der Paarung sterben und nur die Weibchen überleben?«

»Können nicht alle sterben?!«

»Wir erledigen das schon, mach dir keine Sorgen! Dabei sind es saubere Tierchen, aber in der Küche haben sie nun mal nichts verloren«, sagt Frau Petzold. » So eine Ameise kann fünf bis zehn Jahre alt werden, also bis zur Rente werden wir die nicht behalten, nicht wahr, Ines?«

»Nicht mal die nächsten fünf Minuten!« Ich mache mich daran, die Ameisenleichen mit Papier zu entfernen und in den Müll zu kippen.

»Tut mir Leid!«, sagt Frau Petzold. Sie meint nicht mich, sondern redet zu den Krabbeltierchen, entschuldigt sich jedes Mal, wenn sie den tödlichen Sprühstrahl gegen sie richtet.

»Wenn du was brauchst, läute einfach bei mir an!«, sagt sie, als sie alle vernichtet hat. »Leider fahre auch ich übermorgen für ein paar Tage weg. Zu meinem Sohn. Dann bist du fast allein im Haus. Bloß unser einsilbiger Witwer ist da und die philippinische Familie im Erdgeschoss, alle anderen sind auf Urlaub. Aber sicher schaut deine Schwester nach dir, oder?«

»Ja. Ist schon okay«, sage ich und mir wird ein bisschen mulmig.

Übermorgen bin ich also allein. Anika sonnt sich in Griechenland und im Haus besitze ich nur noch die Telefonnummer der Nachbarn im Stockwerk unter uns. Aber die erforschen gerade in Ägypten das Geheimnis der Pyramiden. Sollte ein Einbrecher meine Wohnungstür knacken, die Pocken ausbrechen, ein Atomreaktor explodieren und ich mich vergiftet haben, bleibt nur die Philippinin, die zwar freundlich ist, die ich aber schlecht verstehe. Sie ist mir fremd. Noch fremder ist mir der Witwer.

Bleibt bloß Simon.

Jetzt pack ich endlich die Sachen vom Supermarkt aus, die habe ich in der Aufregung ganz vergessen. Bestimmt ist die Milch bei der Hitze sauer geworden und die Fische sind halb aufgetaut. Das erinnert mich, dass ich noch immer nichts Warmes gegessen habe, aber nach dem Ameisenüberfall ist mir die Lust auf Essen vergangen. Das Einzige, woran ich denken kann, ist Schokolade. Eine Tafel muss noch irgendwo übrig sein. Zur Erholung schalte ich MTV ein. Schnell lasse ich mich von der guten Musik und den Videoclips davontragen, sie wecken gemeinsam mit dem süßen duftenden Schokogeschmack auf Zunge und Gaumen all meine Sinne. Als ich ein fürchtliches Krachen höre, fahre ich zusammen. Kurz darauf prasselt Regen vom Himmel. Ich hätte die Kissen von den Terrassenmöbeln entfernen sollen, jetzt werden sie tagelang mit Feuchtigkeit durchtränkt sein. Mir egal. Ich brauch keine Kissen.

Ich stell mich ans offene Fenster. Ich mag Gewitter, mag das Übermächtige, das mir nichts anhaben kann, weil ich hier geschützt bin. Kein Mensch auf den Straßen, die Autos spritzen Wasser hoch, wenn sie durch die Pfützen fahren, der Himmel hängt gefährlich tief über den Häusern. Grünblau ist die Luft. Ich habe Lust runterzugehen, ohne Schirm durch den Regen zu laufen, die warmen Tropfen zu spüren, die mir auf den Kopf fallen, über das Gesicht rinnen, an Armen und Beinen entlang. Ich liebe das. Jetzt darf ich es. Keiner, der mich fragt, ob ich verrückt bin, weil ich bei Regen auf die Straße gehe. Ohne Schirm. Ohne nichts. Nur mit meiner Freude.

Bevor ich die Wohnung verlasse, schalte ich den Anrufbeantworter ein. Wegen Simon. Zwar glaube ich nicht, dass er sich überhaupt meldet, geschweige denn eine Nachricht hinterlassen würde. Welche auch? Etwa: Mareike ist weg. Ich bin da. Ich liebe dich und kehr für immer zu dir zurück. Übrigens riecht Mareike nach Fisch. Sie stinkt ein bisschen ...

Die Meldung würde ich für ewig auf Tonband speichern.

Simon mag meinen Geruch, den Geruch meiner Haut, meiner Haare, so wie ich seinen.

»Jeder Mensch hat einen ganz besonderen Geruch«, sagt er. »Kein zweiter hat ihn. Jemand kann super aussehen und du verliebst dich in ihn, aber wenn du nahe kommst und ihn riechst, zieht es dich an oder stößt dich ab. Oder lässt dich gleichgültig. Erst dann weißt du, ob ihr zueinander passt. Ist so ähnlich wie mit dem Küssen. Du musst es beim anderen mögen, es muss passen und dich zu mehr beflügeln.«

Simon und ich passen. Und wir können fliegen. Wir konnten es zumindest. In unserem Planetodrom.

Und später ganz ohne.

Mareike kann das bestimmt nicht. Sie hat niemals, was ich habe.

»Du riechst so unglaublich gut«, sagt Simon noch immer.

Sie riecht wahrscheinlich bloß »gut«. Sonst würde er mir diese schönen wichtigen Worte nicht noch immer sagen. Vielleicht stinkt sie wirklich hin und wieder nach Fisch. Vielleicht holt sie sich in Italien die Fischitis.

Plötzlich läutet es. Der Briefträger kann es nicht sein, der war schon da. Wenn die Eltern nicht zu Hause sind, habe ich es nicht gern, wenn es läutet. Noch einmal das Klingeln, jetzt mit Nachdruck, ein lang gezogenes Schrillen. Ich fluche. Laufe zur Gegensprechanlage.

»Wer ist das?«, frage ich scharf.

»Ich bin's, Anika!«

Was will denn die hier?! Ich dachte, die ist auch längst ab durch die Wolken, sitzt neben ihrem Schafskopf Händchen haltend im Flieger! Sie ist nämlich eine Ängstliche, ein Hypochonder, ich bin höchstens ein Antichonder, ich bilde mir Krankheiten nicht ein. Ich hab sie.

Ich höre meine Schwester die Stufen raufklacken. Die trägt wahrscheinlich sogar in der Badewanne Schuhe mit hohen Absätzen. Ich öffne. Sie strahlt, sieht jetzt schon aus wie nach dem Griechenlandurlaub. Zum Glück ist ihr Schafsfreund nicht mit.

»Ich wollte bloß noch nach dir sehen, bevor ich abfliege. Ist sozusagen mein Pflichtgefühl.«

»So was hast du?«, frage ich und lass sie rein.

Sie bringt mir Käse, ein angefangenes Päckchen Butter, eine müde Salatgurke, verkrümmeltes Vollkornbrot, drei zerquetschte Tomaten und auch sonst nichts, was ich brauchen kann.

»Ist doch schade drum«, sagt sie.

»Bin ich ein Mülleimer? Kannst du nicht wenigstens ein ›Drei-Hauben-Menü‹ mitbringen?«

»Das musst du dir selbst zaubern, Ines. Du kennst ja meinen Spruch: Alles ist möglich, wenn du nur dran glaubst! Ich hab schließlich auch lernen müssen zu kochen. Selbst-Versorger-Training sozusagen. Gastritis, Durchfall und Magenvirus hab ich bereits überstanden, inzwischen bin ich halbwegs immun. Und wie geht's dir so? Siehst gut aus!«

Das würde sie auch sagen, wenn ich die Gelbsucht hätte. Sie sieht nur, was sie sehen will.

»Ich ruf dich auch an, keine Angst. Deine Nachbarin, die nette Frau Petzold, ist ja da, soviel ich weiß, die kümmert sich garantiert um dich. Die ist doch fast wie eine Großmutter, stimmt's?«

Anika muss alles bestätigt haben. Für ihr Gewissen. Sie merkt nicht mal, dass sie sich selbst die Antworten gibt, die sie braucht. Ich erzähle ihr nicht, dass ich eigentlich allein in dem großen Haus sein werde.

Sie wirft kurz einen Blick in alle Zimmer. »Mein Gott, bist du ordentlich! Bei mir hat man nach einer Woche nicht mehr die Wände vom Fußboden unterscheiden können.«

»Mama hat immer schon gesagt, du brauchst einen Mann, der dir die Schuhe und die Nase putzt. Ich weiß gar nicht, wie Thomas das bei dir aushält. Ich fühl mich jedenfalls besser, wenn ich Ordnung um mich hab.«

»Du warst immer schon die Superordentliche«, sagt sie, fährt mir über das Haar wie einem kleinen Kind. »Kannst du mir übrigens deinen Walkman borgen, meiner hat den Geist aufgegeben und ich will nicht extra noch Geld rausschmeißen.«

»Ich dachte, du verdienst so gut, dass du dir leisten kannst, was du willst!«

»Na ja. Den Walkman will ich mir jetzt *nicht* leisten!«

Ich gebe ihr meinen Walkman. Widerwillig. Eigentlich könnte ich ihn selbst gebrauchen. Aber jetzt, wo keiner da ist, kann ich Fernseher, Videorekorder, CD-Player und alles, was Krach macht, auf vollen Touren laufen lassen. Ich mach die Wohnung zur Disco.

Anika verschwindet kurz im Badezimmer, wahrscheinlich ist ihr Make-up im unteren Drittel des linken Nasenlochs nicht gleichmäßig verteilt. Sie steigt mit ihren vom Regen dreckigen Schuhen auf die helle Matte.

»He, was glaubst du, wer die sauber machen wird?!«, fauche ich sie an.

»Na, du natürlich! Jetzt bist du sogar für die Badematten verantwortlich. Keiner da, der dir hilft.« Sie kichert.

»Fällt dir auch mal was Nettes ein?«

»Ja. Du bist süß. Du könntest gleich meine mitwaschen. Ich hätte sie rüberbringen sollen. Mama weigert sich ja.«

»Ich mich auch. Tröste dich. Mach dir deinen Dreck alleine weg oder sag's deinem Schafskopf.«

»Hör auf damit, ja? Er hat einen Namen: Thomas.«

»Thomas, das liebe Schaf!«

Sie wirft mir im Spiegel einen wütenden Blick zu. Plötzlich dreht sie sich um, nimmt mich an den Schultern.

»Hör mal. Jetzt was Ernstes. Hör mir gut zu, ja? Ich hab gestern Abend Simon im *Megabyte* gesehen. Ich geh manchmal hin, nur wegen der Musik ...«

Das *Megabyte* ist bekannt dafür, dass dort die meisten Drogen nehmen. Ich glaube, mein Herz setzt aus.

»Simon saß da mit ein paar Typen, jedenfalls kiffte er. Ich kenn mich da aus, ich hab, bevor ich den Job im *Easy* gekriegt hab, kurz in der Szene gearbeitet.«

»Davon weiß ich nichts. Und was willst du mir sagen?« Gepresst stolpern die Worte über meine Lippen.

»Ich seh dir an, dass dich das aufregt, Ines. Klar. Wenn ich das von meinem Freund hören würde, wär ich auch nicht gerade happy.«

Anika weiß nicht, dass Simon und ich nicht mehr zusammen gehen. Sie weiß gar nichts von mir. Wahrscheinlich weniger als ich von ihr.

»Ich bitte dich, Ines, pass auf! Vielleicht war es nur einmal, dass er dort war, hat's bloß versucht, ich weiß es ja nicht. Ich wollte dich nur warnen. Oder ... oder nehmt ihr vielleicht beide ...?« Sie sieht mich erschrocken an. Sie meint es ernst.

»Spinnst du!?«, sage ich. »Ich trau mich doch so was gar nicht, wozu brauch ich das? Ich hätt viel zu viel Angst, dass da was mit mir passiert, was ich nicht will.«

»Gut. Angst ist der beste Schutz in diesem Fall. Hat Simon Probleme? Jungen reden ja nicht. Irgendwie hab ich ihn kaum wieder erkannt, etwas muss mit ihm los sein.«

Ich blicke auf die blauen Kacheln über dem Waschbecken. Bloß nicht vor Anika weinen! Viel ist los mit ihm. Und mit mir. Und alles ist so schrecklich durcheinander. Jetzt auch noch das!

Anika wischt mir die Tränen mit den Fingern weg. Fast hätt ich die Arme um sie geschlungen, meinen Kopf an ihr vergraben, tu es aber nicht. Steh da und rühr mich nicht, steif und kalt, während meine Wangen immer nasser werden.

»Hier!« Sie reißt ein Papiertaschentuch aus einer Packung. Ich schneuze mich brav wie ein kleines Kind.

»So kann ich doch nicht wegfahren, Ines! In dem Zustand kann ich dich nicht hier alleine lassen!«, jammert sie.

Sie denkt wieder an ihren Flug. Griechenland ist in Gefahr.

Ich schau sie voll an, atme durch. »Du kannst ruhig fahren. Ich weiß schon länger, dass Simon was nimmt. Es ist nicht so schlimm, wie du denkst. Er kommt da wieder raus. Er spinnt gerade ein bisschen, aber ich rede viel mit ihm.«

Erschreckende kleine Lüge. Macht alles für zwei Minuten gut.

»Ich bin erleichtert, wenn du es weißt, Ines. Und auch dass du was unternimmst, es zumindest versuchst. Lass dich bloß nicht reinziehen. Rein kommt man leicht, raus nicht. Erst die große Euphorie und eines Tages kannst du nicht mal mehr deinen Namen ordentlich schreiben. Ich weiß das.«

Ich sehe meine Schwester erstaunt an. Was führte sie eigentlich für ein Leben? Jetzt hört es sich nicht nach Lachmöwe an. Eher nach Gespenstertier, mit großen Augen voll nächtlicher Gefahren.

»Das ist bestimmt nicht leicht für dich«, sagt Anika nach einer Weile, während sie ein zweites Taschentuch hervorzupft. »Ich kenn das. Wenn du irgendwas brauchst, ich geb dir meine Telefonnummer durch, sobald ich im Hotel bin.«

»Wenn du was brauchst ...«, hat auch Frau Petzold gesagt.

Ich brauch viel.

Nichts, was mir jemand geben kann.

Nichts, was ich mir holen kann.

Als Anika gegangen ist, habe ich keine Lust mehr auf meinen Spaziergang im abflauenden Regen. Ich möchte allein sein, ganz für mich. Ich muss erst mal mit mir selber klarkommen.

Fast mechanisch hole ich mir nach einer Weile mein Tagebuch, meine Malgläser, meine Pinsel, meine Palette, meine Farben. Ich mag den Geruch. Ich rieche die Pigmente, das Metallische der Tuben, Gelb riecht anders als Rot, Ockergelb, Zitronengelb, Faltergelb ... Karminrot, Vermillon, Krapplack dunkel, Krapplack hell, Kobaltblau ... ich vermische Farbe und Wasser in gezielter Dosierung, verwandle beides in fließendes Leuchten, höre dem Gleiten des feuchten Pinsels auf dem Papier zu. Lasse die Farben über die glatte Oberfläche rinnen, bis das Blatt wellig wird und ich nicht mehr unterscheiden kann, woher das Wellige kommt. Vom Weinen oder vom Farbwasser. Ich male meine Zeichen, meinen Tag, warte, bis die Farbe ein wenig trocknet. Entwerfe endlich mit fühlbarem Herzklopfen in eiligen, nassen, duftigen Pinselstrichen, den Schmetterling, kleckse ihn mitten hinein.

Schwarz ist er. Tot ist er.

In diesem Zustand vergesse ich sogar aufs Fernsehen, die Stille des Abends ist eine Aufforderung an mein Zeichentalent, ich habe Lust auf mehr, auf größere Blätter, auf denen ich mich auslassen kann, in weiten Bewegungen, hole mir drei, vier Bögen aus der Bettlade, zeichne mich weg, male mich frei. Als ich genug habe, lasse ich alles auf dem Boden, die Malfetzen, die schmutzig bunten Gläser, das offene Tagebuch, die Farbspritzer rundum auf dem Holzboden. Nein. Ich will nicht mehr ordentlich sein, hol mir das totale Chaos, tauch ein ins Unbekannte, lass mich treiben. Endlich.

Ich! Chaos-Ines!!

Ich wasche nichts weg, nichts ab, wasche auch mich nicht. Stolpere ins Bett, zu müde um zu schlafen. Liege bloß da, decke mich mit der Dunkelheit zu, verstecke mich in ihr und vor morgen, wenn ich ins *3D* gehen werde, um Simon aufzusuchen. Jetzt gibt es noch mehr, worüber wir unbedingt sprechen müssen, und ich weiß nicht, wo ich beginnen soll.

Morgen hat Simon nur mehr sechs Tage.
Sechs Tage geb ich ihm.
Dann ist es aus.
Oder es fängt erst richtig an.

Dienstag

Als ich am späten Vormittag aufwache, habe ich ein flaues Gefühl im Magen. Kekse, Chips, Cola, Käse und Milch bekommen ihm anscheinend nicht, er verlangt nach mehr, nach ordentlicher Nahrung, von Mama gekocht. Mama ist aber nicht da und ich bin scheinbar ziemlich unfähig ihn zu beruhigen. Vielleicht bin ich auch nur aufgeregt wegen Simon.

Heute wird das Gespräch stattfinden, heute setze ich im *3D* das Ultimatum fest. Aber wie? Erst muss ich wohl über das reden, was mir Anika erzählt hat, und ich kann nur hoffen, dass Simon ehrlich ist.

Ich stolpere über meine herumliegenden Malutensilien von gestern Abend, betrachte bloßfüßig und im Nachthemd meine abstrakten Bilder. Eine Farborgie. Der schwarze, leblose Schmetterling mittendrin. Ich decke ihn mit dem buntesten Bild zu. Schön ist es. Es könnte ebenso in einer Ausstellung eines dieser berühmten Künstler hängen. Ich würde nur einen bekannten Namen drunter zu schreiben brauchen, Picasso, Nitsch, Hundertwasser ... Schon wäre das Bild Millionen wert.

Mein Bruder zeichnet auch. Mama hat sogar ein Bild von ihm in ihrem Zimmer aufgehängt, direkt über dem Bett. Früher befand sich dort eines von mir. Es hat richtig geleuchtet, schon am frühen Morgen, es war eine wunderschöne Baumlandschaft. Auf dem längsten Ast ein Schmetterling. Mama hat ihn nie entdeckt. Seit sie das Bild gegen Jens' UFOs, die wie Pfannkuchen aussehen, eingetauscht hat, habe ich ihr nie wieder eines geschenkt.

Jens malt UFOs mit grellblauem Schockhimmel oder Affen.

Und heimlich nackte Frauen mit großen Busen. Aber die

kriegt keiner zu Gesicht, außer man hat eine natürliche Begabung, verbotene Dinge zu entdecken, wie ich. Jens sollte sich beim Zeichnen jedenfalls mal in den Spiegel schauen, dann würde ihm der Affe besser gelingen. Ganz abgesehen davon, dass seine Pferde, die Mama und Papa so originell finden, Nilpferde mit Fetthängebäuchen sind. Aber sie sind eben *Jens'* Nilpferdhängebauchpferde. Das macht es wohl aus.

Ich will Malerin werden. Mein Professor glaubt an mich. Er sagt, ich hätte ein besonderes Talent. In der Schule haben wir in diesem Jahr in Gruppen an einem Projekt gearbeitet – »Landschaften der Zukunft« – und unser Team hat den zweiten Preis gewonnen. Wir fanden, wir hätten den ersten verdient.

Ich habe sogar schon einmal an einem Wettbewerb für eine Ausstellung in einem Kindermuseum teilgenommen, ich war damals acht. Ich malte einen riesigen Schmetterling, zitronengelb, mit allerwinzigsten Schuppen und hauchfeinen Lamellen und einem zarten Muster aus Sonne und Traum. Er war so groß, dass seine Flügel bis an den Rand des Papiers reichten. Er gefiel auch der Jury und wurde ausgestellt. Als ich mein Bild zum ersten Mal an der Wand im Museum hängen sah, starrte ich es entsetzt an. Sie hatten mein Bild gerahmt und der Rahmen hatte die Flügel meines Schmetterlings beschnitten. Ihnen auf beiden Seiten ein Stück abgerissen. Er würde nie fliegen können. Ich begann zu weinen, alle waren bestürzt.

Ich blieb stumm.

Mama zeichnet auch. In ihrem Büro auf dem Reißbrett entwirft sie Pläne, die manchmal verwirklicht werden. Dann ist aus ihren Bleistift- und Tuschestrichen ein Haus aus Stein geworden, das man in irgendeiner Straße sehen und bewohnen kann. Aber um Architektin zu werden, muss man auch gut in Mathematik sein, da kann ich mit meinen Dauervierern wohl kaum mithalten. Außerdem würde ich jedem Menschen nur seine eigene kleine Burg bauen wollen, hoch oben auf einem Hügel. Aber so viele Hügel gibt es nicht.

»Du kannst nicht nur träumen, selbst wenn du Talent hast«, wirft Mama mir vor. Ich weiß, was sie will: dass ich auch Architektin werde. Was »Richtiges« eben, als wäre irgendetwas richtiger als etwas anderes. Wichtig ist doch nur, was ich selbst will.

»Malerin, das ist ein brotloser Beruf«, sagt sie. »Du musst sehen, dass du mit dem, was du kannst, auch Geld verdienst.«

Daran denke ich jetzt noch nicht. Ich kämpf mit meinen Noten, ich bin nicht Anika, die mit fünfzehn wusste, was ihr Ziel ist. Jetzt studiert sie Dolmetsch und frisiert nebenbei ihre Freundinnen und ihren Schafskopf. Sie hat dauernd irgendeinen interessanten Aushilfsjob. Sie besitzt nicht nur dieses Mona-Lisa-Lächeln, sie ist auch schön und kriegt jeden rum. Aber sie ist keine Mona Lisa, sondern ein falsches Luder. Sie hat alles. Auch einen schlechten Charakter.

MTV schon zum Frühstück bringt endlich Abwechslung in mein Einsiedlerinnenleben. Ich esse Eierspeise mit Salz als Beilage und Krümelbrot von Anika. Eigentlich könnte ich jemanden anrufen. Vielleicht funktioniert das Telefon überhaupt nicht? Bin ich denn *niemand*, dass es nicht ein einziges Mal seit drei Tagen läutet, bis auf Anikas Kontrollanruf? Simon könnte sich wirklich melden. Ich versteh das nicht. Er will mich bestimmt sehen. Das weiß ich. Mir fällt gerade ein, dass er so komisch war am letzten Schultag. Ich hatte mich schon von allen verabschiedet und ihn gesucht. Mareike war bereits gegangen, plötzlich entdeckte ich ihn beim hinteren Schuleingang, der eigentlich versperrt ist, aber manche klettern über den Maschenzaun, andere zwängen sich durch die gerissenen Drähte. Er lehnte gegen den Zaun und rauchte. Allein. Ich ging verwundert auf ihn zu, er lächelte, warf die Zigarette zu Boden, trat sie aus. Er streckte mir den Arm hin, zog mich zu sich heran, ich legte den Kopf an seine Schulter.

»Wir bleiben Freunde, ja? Für immer«, sagte er nach einer Weile leise. Er klang so traurig. Ich nickte an seinem T-Shirt. Wollte etwas sagen, alles, was nicht mehr möglich ist, so wie es ist. Sagte nichts. Dachte bloß: »immer« – ist ein kurzes Wort. Es hat gerade aufgehört, es hat keine Bedeutung. Wir sind schon seit einem halben Jahr nur mehr ungleiche Freunde und genau an diesem Schulzaun, an Simons T-Shirt, das zum ersten Mal unangenehm roch, nach kaltem Tabak und Schweiß, fasste ich endlich den Entschluss, in dieser Woche für Klarheit zu sorgen.

Ob ich ihn anrufen soll? Nein. Ich vertrau darauf, dass ich ihn im *3D* antreffe. Warum ich gleich dieses Herzklopfen kriegen muss! Ich gehe zum Spiegel, die Haut spannt links unten am Kinn, ich hab's geahnt! Feind Nummer eins: mein Regelpickel. Ich betupfe ihn mit einer braunen Schicht Akne-Flüssigkeit, vielleicht erstickt er. Am besten, ich wasche mir die Haare, dann fühl ich mich besser. Das Geschirr räum ich bestimmt nicht weg, zuerst kommt Schönmachen dran. In dieser Woche lasse ich am besten alles, wie es ist. Das schmutzige Geschirr, die Milben, die Spinnweben, jedes tote und jedes lebendige Etwas wird wachsen. Auch der Dreck. Die Eltern werden mich ausbuddeln müssen. Das kommt davon, weil sie mir keine Party erlauben, während sie fort sind, da hätte ich vorher ordentlich aufgeräumt.

Das darf doch nicht wahr sein! Nicht mal Klopapier haben die Eltern zurückgelassen! Der Vorrat ist aufgebraucht. Mama ist doch die Kloverantwortliche! Nicht ich! Was?! Sogar die Tamponschachtel ist fast leer. Dabei dachte ich, Mamas Hormonproduktion ist schon am Einschlafen. Nichts ist da, was ich brauche. Nur alles, was ich nicht brauche:

Staubsaugerfilterbeutel und Abwaschlappen. Bodentücher und ein Bügelbrett.

Jetzt muss ich also wieder zum Einkaufen. Die Hälfte der Zeit geht mit Nahrungssuche und Beschaffen von Allernötigstem drauf! Wenn mich bloß nicht wieder der schief Rasierte von nebenan entdeckt, der muss ja denken, ich habe einen Hausfrauentick, begegnet mir immer, wenn ich einen Einkaufssack schleppe!

Eigentlich müsste ich längst den Abfall hinuntertragen, die langsam dahinfaulenden Fischstäbchen mögen als natürliche Abwehr gegen Einbrecher ganz wirksam sein, aber ich möchte schließlich auch hier wohnen. Eigentlich ist Papa der Mistverantwortliche. Nicht ich! Nur kann ich den schwer vom Urlaub zurückpfeifen. Ich hasse es in den feuchten, schmutzigen Keller hinunterzusteigen. Ist nicht erst vor zwei Tagen dieser gefürchtete Verbrecher aus dem Gefängnis entflohen? Morgen können es alle lesen:

Fünfzehnjährige im Keller von entsprungenem Häftling erwürgt.

Ich leere den Mist besser in irgendeiner Mülltonne der Umgebung aus. Mal ungetrennt. Bloß alles loswerden.

Plötzlich spüre ich Unruhe in mir. Ich will raus. Ein bisschen unter Menschen, sonst führe ich noch Selbstgespräche. Wenigstens krieg ich dann keine blöden Antworten.

Und wenn ich jetzt schon mal beim *3D* vorbeigehe, auch wenn da niemand zu erwarten ist? Nur einmal die Luft dort schnuppern, mich vertraut machen mit der Gegend, ich war bloß ein einziges Mal vor langer Zeit da.

Ich schlüpfe in meinen kürzesten Rock und Mama kann mir nicht sagen, dass er zu kurz ist. Ich zieh mein engstes T-Shirt an und Mama kann mir nicht sagen, dass es zu eng ist. Ich koste das Gefühl aus, genau die Kleidung zu tragen, die ich will.

Ich fühl mich ziemlich zittrig, als ich mich dem *3D* nähere. Und was, wenn Simon jetzt schon da ist? Vielleicht geht er in den Ferien ausnahmsweise vormittags dorthin?

Dunkel ist es in dem weiträumigen Lokal. Trotzdem ist es gut überschaubar. Drei leere Billardtische, am vierten spielen zwei Jungs. Die bunten Kugeln leuchten im Schein der tiefhängenden Lampe. Jemand geht an der Theke vorbei, an dessen Rückwand unzählige Flaschen und Gläser aufgereiht sind. Wer wohl all das trinkt? Ich bestell meistens Cola, vielleicht mal mit Rum. Hin und wieder Mineralwasser, auch Bier, aber eher selten.

»Hallo!«, ruft jemand hinter mir. Mich durchfährt es, kennen will ich jetzt niemanden. Nur Simon. Doch es ist Mario. Was macht denn der hier, noch dazu um diese Zeit?

»Hallo«, sage ich erstaunt.

»Du bist wohl der letzte Mensch, den ich hier erwartet habe«, sagt Mario.

»Mir geht's genauso.«

»Was machst du hier?«

»Ich?«, frage ich einfältig.

»Ja du, wer sonst?«

»Ich ... ich wollte heimlich Poolbillard lernen, wenn mir keiner zusieht, den ich kenne. Aber jetzt ist es wohl vorbei damit.«

»Ich schau nicht hin. Bin bloß dein unsichtbarer Mitspieler.«

»Nein danke, du. Die Wahrheit ist, ich bin rein zufällig hier vorbeigekommen und einfach reingegangen.«

»Können wir auch rein zufällig zusammen wieder rausgehen?«

Mario ist witzig. Aber er nervt auch, redet manchmal komische Dinge, bei denen ich nicht immer mitkomme. Den anderen in der Klasse geht es ähnlich.

»Oder suchst du Simon?«, fragt er plötzlich. Er hat mich durchschaut. Das ärgert mich.

»Ich such niemanden«, sage ich abweisend.

»Also wenn zwei sich streiten, freut sich der Dritte.«
»Mit wem soll Simon sich streiten?«
»Mit Gott und der Welt und mit mir. Um dich!«
»Er hat Mareike«, sage ich eine Spur zu sauer. »Und wer ist das – die Welt?«
»Frag doch lieber, wer Gott ist!«
»Weißt du es denn?«
»Nein. Aber die Frage ist spannender als die Antwort. Findest du nicht? Wer nicht fragt, glaubt schon alles zu wissen.«
»Ich weiß gar nichts«, sage ich. Leider stimmt es.
»Aber ich«, sagt Mario. »Nämlich, dass wir irgendwo anders hingehen, vormittags ist hier nichts los.«

Gleichgültig lässt mich Mario nicht. Er hat was, was mich irgendwie anzieht, es überrascht mich selbst. Besonders seitdem er sich nichts mehr gefallen lässt. Das imponiert mir. Er ist klein, aber kräftig und ständig am Kämpfen. Gegen die anderen, gegen sich selbst und gegen sein Äußeres. Etwas ist mir aufgefallen und nicht nur mir: Er hat wunderschöne Augen. Tiefbraun und lebendig. Sie strahlen, wenn er gut drauf ist, und wirken fast schwarz, wenn er wütend ist. Leider hat Mario keine Freundin, glaube ich jedenfalls, oder er müsste sie gut verstecken. Vielleicht liegt es an seinem Körperwuchs, die meisten Mädchen sind einen Kopf größer als er. Auch ich.

Jetzt, da ich neben ihm gehe, fällt mir der Unterschied wieder besonders auf. Es erinnert mich an den letzten Schultag, als er mir beim »Führen-und-Geführtwerden« zugeteilt wurde. Das war ein eigenartiges Gefühl, als er mir die Augen verband und ich mich ihm anvertrauen musste. Er nahm mich sehr bestimmt an der Hand und legte den anderen Arm um meine Taille. Dann ging es los. Mario ließ mich pelzige Blätter, kitzelnde Gräser, sonnenwarme Steine und seine kalte Nasenspitze fühlen. Ich hörte den Wind und Marios leise Anweisungen, die entfernten Stimmen der anderen und einen spitzen Vogelschrei, bei dem ich erschrak. »Da ist bestimmt eine hungrige Katze unterwegs. Rette den Vogel! Los, verscheuch das Biest«, befahl ich. Er erklärte, der Vogel habe keinen Todesschrei, sondern einen Freudenschrei ausgestoßen, weil seine Mutter ihm endlich Futter gebracht hätte. Ob ich immer alles so blutrünstig sähe?

»Ich sehe gar nichts«, sagte ich, »aber ich habe eine rege Fantasie.«

»Dann passen wir ja gut zueinander«, hatte Mario gesagt. Ich reagierte nicht.

Plötzlich spürte ich etwas zwischen Mittel- und Ringfinger, es fühlte sich wie eine Raupe an und ich schrie auf und ließ die Raupe fallen. Mario gab keinen Ton von sich, steckte noch einmal behutsamer das haarige Ding zwischen meine Finger.

»Es ist was Schönes«, sagte er, »aber giftig.«

Ich tastete mit der anderen Hand danach, erriet einen Stängel. Bevor ich etwas sagen konnte, entzog er ihn mir und fuhr mir mit einer kühlen Blüte über die Wange. Auf und ab, es kitzelte angenehm.

»Eine Margerite?«, fragte ich.

»Nein. Luftiger.«

»Eine Mohnblume?«

»Ja«, sagte er.

Wir stapften weiter durch das Gras, Mario führte mich gezielt in eine bestimmte Richtung und ich wusste nicht, wo die anderen aus der Gruppe geblieben waren, ich hörte ihre Stimmen nicht mehr. Mario strich noch einige Male mit der Blüte über mein Gesicht und ich genoss die Berührung. Als wir wieder in der Nähe des Ausgangspunktes ankamen und ich aus der Ferne Manuelas Stimme vernahm, legte Mario mir den Mohnblumenkopf an den Mund, ich öffnete die Lippen, stieß mit der Zungenspitze an das Samtige und der Blütenrand blieb auf meiner Zunge kleben.

»He! Fühlen, nicht essen«, sagte Mario. Und leiser: »Schade, dass ich nicht die Mohnblume bin.« Er hielt einen

Augenblick inne, als wartete er auf eine Reaktion, lachte und nahm mir die Augenbinde ab. Die Zeit war um. Er fragte, was ich alles gefühlt habe, und ich zählte auf, ließ einiges aus, besonders dass sich die Härchen auf meinem nackten Arm aufgerichtet hatten, als er mir mit der Mohnblume über mein Gesicht gefahren war.

»Du hast eine Gänsehaut bekommen, als ich dich mit der Blume gestreichelt habe. Ich hab es auf deinem T-Shirt-Ausschnitt gesehen«, sagte Mario jedoch.

Ich wurde rot. »Stimmt nicht«, entgegnete ich. »Das war vom Wind! Außerdem – wo schaust du denn hin?«

»Dort, wo die Aussicht am schönsten ist!« Mario lachte, ich war ihm nicht böse. Doch dann sagte er wie zum Scherz: »Ich hätte dich auch im Wald küssen können. Hätte keiner gesehen. Gehört zum Fühlen und Tasten dazu, oder?«

»Ich hätte dir auch als Reaktion eine knallen können. Da hättest du auch was gefühlt«, antwortete ich.

»Ich wusste gar nicht, dass du so grob sein kannst.«

»Dann weißt du's jetzt!«

Ich rätselte noch auf dem Heimweg, wie es gewesen wäre, wenn ... und es fühlte sich nicht mal so schlecht an. Die Mohnblume hob ich jedenfalls auf und stellte sie zu Hause in ein hohes Wasserglas. Sie welkte schnell, ihre Blüten hingen schlaff herab, ich beobachtete, wie sich das leuchtende Rot langsam in schmutziges Braun verwandelte. Ich malte die Blume in ihrer Lebendigkeit, hielt mit meinen Farben ihre Schönheit fest, lebensgroß. Schließlich setzte ich ihr einen Schmetterling auf die oberste Blüte. Zum Abheben bereit.

Mit Simon hatte ich im Jahr zuvor, als wir noch zusammen gingen, einen ähnlichen Workshop vor den Ferien mitgemacht, unsere Klassen waren zusammengelegt worden, jeder konnte sich für ein Thema melden. Auch damals ging es um Sinneswahrnehmung. Ich nahm eine Menge wahr: Simons nackten Arm an meinem, seine Haut, den Druck seiner Finger, seinen Geruch, seine Stimme, sein Ganzes.

Fast nichts von meinem Umfeld. Ich war total Sinne. Ohren, Nase, Haut nur auf Simon ausgerichtet. Gras, Steine, Wasser, Bäume schienen Nebensache. Im anschließenden Austausch von Erfahrungen mit den anderen fiel mir dann doch etwas ein, nämlich dass die Erde unter meinen Füßen sich feucht angefühlt hätte und die Rinde der Kastanie nicht rau, sondern eher körnig glatt wie Großvaters Spazierstock. Simon erklärte mir, ich hätte ein in die Baumhaut geritztes Herz getastet. Er lachte und sagte: »Das nächste Mal ritze ich *unsere* Initialen hinein.«

Ein nächstes Mal gab es nicht mehr.

Mit Mario war es jedenfalls anders als mit Simon. Nicht so intensiv, aber irgendwie eigenartig und aufregend.

»Ich hab Lust auf ein Eis, du auch?«, fragt Mario jetzt neben mir in den Straßenlärm hinein und reißt mich aus meinen Gedanken. »He? Wo warst du gerade?«

»Bei dir«, sage ich wahrheitsgemäß und Mario wirkt verdutzt. Hoffentlich bin ich mit dieser Bemerkung nicht zu weit gegangen. »Lust auf ein Eis hätt ich schon, nur hat das leider ein paar Kalorien zu viel«, sage ich schnell.

»Pfeif drauf! Willst du wirklich zusehen, wie nur ich genüsslich schlecke ? Oder bist du eine Masochistin?«

»Ich bin zu dick«, sage ich trocken und ärgere mich. Er hätte ruhig eine aufbauende Bemerkung hinzufügen können: *Du* schaust auf Kalorien! Hast du doch nicht nötig bei der Figur!!

Er steuert auf ein neu eröffnetes Eislokal an der Hauptstraße zu. Es ist ziemlich voll, die meisten Besucher sind junge Leute. Wir besetzen den letzten leeren Tisch. Links von uns sitzt ein Paar eng aneinander geschmiegt. Sie eher füllig, er im Gegensatz dünn und groß. Ihre Hand liegt auf der Innenseite seines Schenkels, seine ruht auf ihrem Bauch. Schöne warme Rundungen. Die habe ich auch. Für wen? Ich sehne mich nach Simons Berührungen, beneide die beiden und flüchte mich in ein riesiges Eis Hawaii, löffle es gierig in mich hinein, merke, dass Mario mir beim Essen zusieht. Er lacht mit den Augen. Wirklich schön sind die. Die wissen eine Menge. Noch nie habe ich so bewusst in seine Augen geschaut.

Plötzlich entdecke ich Sandra aus unserer Klasse, sie überquert die Straße, kommt auf unser Café zu, entdeckt uns. Sie ist doof wie ein Huhn und findet überall eine Tratschgeschichte. Einmal aufgepickt, verbreitet sie sie schneller, als der Wind sich dreht. Als sie uns erspäht, winkt sie uns aufgeregt zu, hat es jedoch anscheinend eilig, weil sie weiterläuft.

»Das Erste, was sie zu Schulbeginn rumerzählen wird, ist, dass sie uns beide zusammen gesehen hat«, sage ich.

»Na und? Wenn es dir unangenehm ist, kannst du ja Einspruch erheben.«

Mario redet wirklich manchmal kompliziert, vielleicht weil er vorhat, einmal Anwalt zu werden. Dann kann er sich an allen rächen, die ihn verspottet haben, und sie für ein paar Jahre hinter Gitter bringen.

»Ich hab's nicht so gemeint«, sage ich. »Mir ist es Wurks wie Schnurks, was Sandra rumposaunt.«

»Jetzt redest du schon wie unser Chemielehrer. Was der für Sprüche loslässt! ›Und keine hingerotzten Unterschriften, bitte sehr, wenn die Mahnbriefe an eure Eltern adressiert sind.‹« Marios Stimme ahmt den Bass des Professors nach.

»›Sonst zeige ich euch, wo das Ende der Fahnenstange ist!‹«, füge ich in ähnlichem Tonfall hinzu. »›Haben das alle kapiert oder ist euer Hirn auf Parkdeck?!‹«

»›Und wenn ihr am Ende durchfallt, ist das euer Kaffee, ist mir Pluff wie Wuff‹«, ergänzt Mario. »›Ich geb euch was, ihr nehmt es. Nehmt ihr's nicht, rechnet nicht mit mir.‹«

»Zumindest war er von Anfang an ehrlich«, entgegne ich lachend. »Und komischerweise lernen auch die Schwächeren bei ihm was. Er ist ziemlich direkt und nicht gerade freundlich, kann aber total gut erklären. Ich hab ihn auch schon mal echt nett erlebt, als er mir vor der Schularbeit helfen wollte.«

»Ich würd dir auch helfen«, sagt Mario und blickt mich so eindringlich an, dass ich wegschauen muss. Ich ahne etwas, was ich nicht wahrhaben will. Ich glaube, Mario ist in mich verliebt. Ziemlich. Das ist schlimm, weil ich ihn ebenfalls mag, aber als Kumpel. Ich will auf keinen Fall, dass was draus wird, will ihm keine Hoffnung machen.

Ich taste mit dem Zeigefinger über meinen Pickel, der meldet sich spürbar. Ich erkenne den verhassten kleinen Hügel. Heute Nachmittag will ich Simon sehen! Und er bestimmt nicht meinen Pickel! Den murks ich ab. Den Pickel. Nicht Simon.

»Du, ich muss jetzt gehen«, sage ich ziemlich plötzlich.

»Was? Schon??« Mario ist enttäuscht, er möchte noch etwas sagen, der Mund steht offen, die Worte dringen nicht hervor. »Sehen wir uns mal?«, fragt Mario endlich. Er schluckt, ich spüre, wie schwer ihm der Satz gefallen ist.

»Vielleicht«, sage ich, auch wenn er etwas anderes erwartet.

»Viel ist nicht leicht ... sondern schwer«, sagt er und ich verstehe wieder nicht ganz, was er meint. Er bleibt noch sitzen, während ich zahle und mich auf den Weg mache.

Erst als ich mit einer Viererpackung Toilettepapier zu Hause angekommen bin, fällt mir sein Wortspiel ein. Nämlich in dem Augenblick, als ich mich mit der Klopapierhalterung plage um die Rolle samt Spirale einzuhängen. Die Spirale schnappt mir unter den Fingern weg, knallt ins offene Klo, während die Papierrolle mit Schwung auf dem Boden landet, gegen die Wand stößt, hinter den Klosockel rollt. Fluchend, voll Ekel, fische ich das widerspenstige Ding heraus, trockne es, versuche es abermals. Vielleicht klappt es diesmal. Vielleicht.

»*Viel* ist nicht *leicht*, sondern schwer« ... Jetzt verstehe ich Marios Andeutung.

Mein Magen rebelliert. Das Eis war nicht gerade, was man eine warme Mahlzeit nennen kann. Mir bleibt nichts anderes übrig als mich endlich richtig selbst zu versorgen, wie es Mama vor ihrer Abfahrt bestimmt hatte. Es sollte eine Drohung sein. Da entdecke ich den Fund des Tages: Spaghetti! Die angebrochene Packung liegt hinter Mehl, Grieß, Brösel. Alles nichts für mich. Nudeln sind dagegen pflegeleicht. Viel Wasser, ein bisschen Salz und nichts kann anbrennen. Wenig später schwimmen die Spaghetti als dichte, blubbernde Masse im kochenden Salzwasser. Ich habe zu viele in den Topf geschmissen, könnte mir glatt drei Gäste einladen. Am besten solche, an deren Freundschaft mir nicht liegt. Denn meine Spaghetti sind nicht »al dente«, also noch knackig zwischen den Zähnen, sondern eher »al Matsch«. Dazu serviere ich mir Anikas Quetschtomaten und ihre Wabbelwassergurke, schneide sie sogar in Scheiben, damit sie wie Salat aussieht. Beriesele die Mischung gekonnt mit Salz und Pfeffer, überschütte sie mit Essig und Öl. Es schmeckt scheußlich, die müden Gurken und die Tomatenstücke ertrinken in der Soße. Am besten, ich öffne die verbeulte Thunfischdose, damit ich endlich etwas Festes zwischen die Zähne kriege. Nicht die Dose. Sondern den Fisch. Eigentlich mag ich nicht mal das Wort, es riecht schon beim Aussprechen. Aber angeblich hat Fisch viel Eiweiß, weiß ich noch aus Anikas Diätzeit, als sie wie eines dieser Topmodels aussehen wollte. Es ist ihr gelungen und ich wirkte noch plumper neben ihr.

Der Dosenöffner ist zu stumpf oder ich zu ungeschickt, die Dose vielleicht so alt, dass sie noch aus der Vorratskiste von Robinson Crusoe auf seiner einsamen Insel stammt. Aber die Aufbrauchfrist stimmt, also werde ich morgen keine Fischvergiftung haben. Ich esse viel zu schnell. Nicht weil es so gut schmeckt, sondern weil ich aufgeregt bin, wegen Nachmittag. Was soll ich bloß zu Simon sagen, damit er versteht, dass es so nicht mit uns weitergeht? Wie krieg ich ihn vom Poolbillard weg, wenn seine Freunde dabei sind?

Ich lasse das schmutzige Geschirr stehen. Rase ins Bad. Jetzt muss alles schnell gehen. Haare duftig, Gesicht frisch. Den Pickel verstecken.

Plötzlich am liebsten mich selbst verstecken.

Die neue Hose schnürt mich im Magen ein, ich bekomme kaum den Knopf zu. In dieser Hose kann ich nur im Stehen mit Simon reden. Was aber, wenn er mich an sich zieht, auf seinen Schoß, wie so oft, wenn wir über etwas »Besonderes« reden? Dann kann ich nur nach Luft japsen oder mit offenem oberstem Knopf dasitzen, was ihn auf Ideen bringen könnte, die in dieser Woche, bis er sich entschieden hat, tabu sind. Ich blicke prüfend in den Schrankspiegel. Das T-Shirt ist nabelfrei, von der Seite wölbt sich mein Magen, ein nackter Quellstreifen. Bei mir sieht dasselbe Modell, das den meisten Mädchen so gut steht, anders aus. Schlank sind die, biegsam wie Tänzerinnen.

Genau wie Mareike. Bloß mein Busen hebt sich sichtbar vom übrigen Körper ab, rund, ein bisschen breit, Simon mag ihn. Ich auch. Ich fasse ihn an, wölbe meine Hände über ihn, ziehe das T-Shirt hoch, stehe in der Unterwäsche vor mir selbst, betrachte mich lange, fahre zögernd, wie verboten, und mit Herzklopfen weiter über meine Brüste. Streichle mich. Mag mich.

Büstenformer – sagen sie im Wäschegeschäft. Bei mir braucht man nichts formen, es ist alles da.

Mama nennt das, was da ist, mollig.

Papa sagt seit Jahren liebevoll: Pummelchen. Er hat vergessen, dass ich kein Kind mehr bin, dem Pummelchen entwachsen.

Jens sagt fette Kuh, wenn er wütend auf mich ist.

Anika meint: Du könntest ruhig ein paar Kilo abnehmen, Kleine!

Nur Simon sagt: Du bist in Ordnung, wie du bist.

Trotzdem geht er mit Mareike. Die ist mehr als in Ordnung. Die ist sexy.

Wütend fahre ich aus dem T-Shirt, schäle mich aus der viel zu engen Hose, lasse alles auf dem Boden liegen wie eine nutzlose Schlangenhaut. Schlüpfe in meine alten Jeans und den weiten Pulli, in dem ich mich traue meine Meinung zu sagen, in dem ich mich wohl fühle, der mich einhüllt, verstecke die Hände in den Ärmeln, verberge mich im warmen Kuscheligen meiner Kleidung, gebe nur frei, was ich freigeben will. Nabelfrei würde ich ja doch nicht gehen. Mein Nabel ist kostbar, ist Guckloch in mein Innerstes, ist Geburtszeichen und Verwundbarkeit.

Mein Nabel gehört mir.

Und was mach ich damit?

Ich leg mir die warme Hand unter den Pulli, direkt auf den nackten Bauch. Aufgebläht ist er, die Haut kühl. Es rumort in den untersten Schichten, ein ziehender Schmerz, mal nach rechts, mal nach links, jetzt mitten durch. Wenn ich mich bücke, bückt sich der Schmerz mit. Er krümmt sich. Er krümmt mich. Heiß wird mir, überall, besonders im Gesicht. Ich schwitze, ich müsste mich schon wieder waschen, besonders unter den Achseln, so kann ich nicht mit Simon reden. Jetzt schon gar nicht, etwas quält sich den Brustkorb und die Speiseröhre hoch, eng wird mein Kopf, schwindlig ist mir auch. Mir wird so übel, dass ich mich mitten auf den Teppich setze. Im Sitzen ebbt das schreckliche Gefühl, brechen zu müssen, ein wenig ab. Ich schleppe mich zur Küche, um mir ein Glas Wasser zu holen, rieche das abgestandene Essen, die Thunfischreste, die faulen Tomatenstücke, komme gerade noch bis zum Spülbecken. Schon geht es los, bricht aus mir heraus, ein Schwall von übel riechender Flüssigkeit, Halbverdautem. Ich halte mich mit der einen Hand am eiskalten Wasserhahn fest, mit der anderen an der rutschig feuchten Kante der Abstellfläche, lasse Wasser rinnen, über mein Gesicht, über das Ausgeworfene, ekle mich derart, dass ich weiter brechen muss, übergebe mich in nun größeren Intervallen. Ich kauere mich auf den Kachelboden und weine. Ich wünschte, Mama wäre da. Oder Papa. Nur nicht Jens.

Als das Telefon läutet, möchte ich erst gar nicht rangehen. Mit *der* Stimme? Erkennt mich sowieso keiner, ich krächze wie ein verwundeter Rabe, kraftlos.

»Hallo, Ines!« Es ist Mama. »Wir geht's dir denn? Uns geht es gut, es ist hier alles wie immer, auch das Wetter ist ganz schön. Und was ist bei dir? Wie kommst du zurecht?«

Bloß nicht die Wahrheit verraten. »Gut!«, sage ich möglichst deutlich.

»Du klingst aber nicht gut.«

Mütter sind schrecklich. Sie haben Röntgenaugen und Fernhörohren, mit denen sie alles bis ins Kleinste durchschauen und erlauschen.

»Doch! Es geht mir gut«, wiederhole ich. »Liegt an der Leitung, wenn ich komisch spreche. Wie geht's Papa?«

»Na, was glaubst du? Der hat als Erstes seine Kamera ausgepackt und ist auf der Suche nach Motiven. Du kennst ihn ja ...«

Ja, ich kenne ihn. Er wäre lieber Fotograf als Bankbeamter geworden. Ich mag seine ungewöhnlichen Bilder. Sie sind mehr wert als das blöde Geld.

»Sollte was sein, rufst du uns gleich an, ja?«, sagt Mama. »Zum Glück ist Anika bei dir. Aber unsere Telefonnummer hast du. Lies sie noch mal vor, bitte.«

»Ich bin kein Analphabet, Mama. Ich hab eure Nummer und es wird nichts sein!«

»Isst du auch ordentlich? Viel haben wir nicht zurückgelassen!«

»Hab ich gemerkt. Ich war einkaufen.«

»Wahrscheinlich ernährst du dich von Chips, Cola und Eiern! Damit kannst du dir den Magen ruinieren.«

Hab ich schon, hätte ich fast gesagt. »Ich esse ordentlich!«

»Stell dir vor, Anika hat uns heute angerufen. Das war

vielleicht eine Überraschung, dass sie sich mal von selbst meldet.«

»Siehst du«, sage ich und muss auch noch für sie lügen. »Vielleicht beruhigt sie sich endlich und du dich auch«, sage ich.

»Lassen wir das Thema!« Mamas Ton schlägt um.

»Ist sonst noch was ?«, frage ich.

»Papa schickt dir einen Kuss.«

»Ich ihm auch.«

»Jens schickt dir auch was.«

»Ich weiß«, sage ich. »Tote Kakerlaken.«

»Nein. Lebendige«, sagt Mama und lacht.

Als ich auflege, ist mir elend. Jens hat es gut. Er hat seinen Freund, hat die Eltern, kriegt Essen serviert und muss sich nicht übergeben und die Sauerei auch noch selber wegwaschen.

Ich mache mich an die Putzarbeit, schüttele mich, versuche die Nase zuzuhalten. Mein Kopf dröhnt, mein Hals brennt, mein Bauch tut immer noch weh. Das *3D* kann ich vergessen. Ich könnte höchstens als Miss Pickelkotze auftreten.

Als es gegen fünf Uhr Nachmittag an der Tür läutet, fahre ich zusammen. Wer ist denn das schon wieder?

»Ich bin's.« Ich öffne Frau Petzold und bin froh, sie zu sehen, ihre vertraute Stimme zu hören. Sie steht mit einer riesigen Erdbeertorte vor mir.

»Ich hab sie extra für dich gebacken«, sagt sie und kommt rein. »Die hast du doch so gerne, nicht wahr?«

»Ja«, sage ich und kann nicht an Essen denken. Nett ist es trotzdem. Die Torte hat einen Durchmesser von einem Kinderwagenrad. Richtig rund und leuchtend erdbeerig. Sie duftet. Duftet mich gesund.

»Die ist ja vielleicht groß!«, sage ich.

»Na, ich denke, du wirst dir ein paar Freunde einladen, wenn du schon allein bist, oder? Dann teilt ihr sie.«

Freunde? Keiner aus der Clique ist da. Simon ruft nicht mal an.

Dann wird Frau Petzold neugierig, und das kann ich nicht leiden.

»Hast du denn einen neuen Freund?«, fragt sie. »Deinen Simon hab ich schon lange nicht mehr gesehen, der ist doch früher öfter zu dir gekommen, nicht wahr?«

»Es ist aus zwischen uns«, sage ich trocken. »Aber ich will nicht drüber reden.«

Was hab ich da eben gesagt? Aus ist es? Und wenn es wieder beginnt? Ich weiß ja nicht einmal, wie sich Simon entscheiden wird. Er hat doch ein Ultimatum. Eines, von dem er nichts weiß. Plötzlich gerate ich in Panik. Morgen ist schon Mittwoch und ich habe ihn noch nicht gesprochen.

»Du bist ein hübsches Mädchen«, höre ich Frau Petzold sagen. »Die Liebe lässt da nicht lange auf sich warten.«

Ich lächle gequält. Möchte wieder allein sein.

»Du wartest nicht mehr als zwei Monate, das prophezeie ich dir! Und gescheit bist du auch! Du machst es bestimmt nicht wie der berühmte Infanterist Leopold von Hohenems!«

Ich weiß nicht, was ein Infanterist ist, ist mir auch egal, was der macht oder nicht macht. Plötzlich höre ich sie singen: »Es war einmal ein Infanterist, der wusste nicht, was Liebe ist – nahm sich 'ne Frau von siebzig Jahr, da konnt man sehn, wie doof er war!«

»Also so doof bin ich nicht, da haben Sie schon Recht«, sage ich. Siebzig! Das ist ja fast scheintot, wie kann man da noch heiraten! Ich sage nicht, was ich denke, Frau Petzold ist an die achtzig. Plötzlich beugt sie sich vor: »Du, Ines, ich hab heute Nacht einen Traum gehabt, der war ganz eigenartig. Träumst du auch manchmal eigenartige Sachen?«

»Ja«, sage ich. Und schweige. Ich träume von wilden Dingen, bei denen mir heiß wird. Ich träume von Küssen, Liebe und Sex. Wenn ich das Frau Petzold sage, nimmt sie die Torte wieder mit.

»Ich hab heute Nacht von Gott geträumt«, sagt sie. »Er streckte vom Himmel aus einen langen Arm zu mir herunter, nahm mich an der Hand und sagte: Komm.«

»Und?«

»Dann bin ich aufgewacht und hatte einen eingeschlafenen Arm, in dem es kribbelte. Wie du siehst, bin ich noch immer da.« Sie lacht ziemlich laut, oben und unten blitzen Goldzähne im Gebiss.

»Denken Sie vielleicht manchmal an den Tod, dass Sie so etwas träumen?«, frage ich.

»Aber was! Ich denk höchstens, wo ich eine vierte Bridgepartnerin herkrieg!«

Ich bin beruhigt. Das Thema Tod mag ich nicht.

»Möchtest du, dass Christian dich mitnimmt, wenn er mich morgen zum Bahnhof bringt? Er sieht nur verrückt aus, aber er ist ganz in Ordnung!«

»Nein, danke!«, sage ich schnell. Lust auf Christian habe ich keine.

»Weißt du, er ist DJ – so sagt man doch, oder? – in irgend so einem Techno-Tempel, aber da kennst du dich ja besser aus als ich. Mir fallen die Ohren ab bei der Musik.«

»Er ist Discjockey?!«

»Ja. Ein ziemlich guter, scheint es, er erzählt mir oft, dass es gesteckt voll war und seine Fans bis in den Morgen tanzten.«

Irgendwie reizt mich der Gedanke, einen DJ zu kennen.

»Er kann ja morgen anläuten«, sage ich.

Als die Nachbarin geht, ist es schrecklich still. Das Telefon streikt weiter. Außer Mama hat niemand angerufen. Anika auch nicht. Die kann wahrscheinlich nur mehr Griechisch.

In meinem Bauch sitzt noch immer der Schmerz. Er kommt nicht nur vom Brechen. Mein Bauch tut weh, weil Simon nicht anruft. Macht er sich denn total ins Hemd wegen Mareike, falls sie rausfindet, dass wir uns gesehen haben? Ich begreif das einfach nicht. Plötzlich fliegt ein

Hoffnungsschimmer in mich, weiß, mit kleinen Flügeln, die wie wild zu flattern beginnen. Er hat gar keinen Grund, mich anzurufen! Normalerweie telefonieren wir selten miteinander, seit er mit Mareike geht. Er weiß ja nicht einmal, dass ich diese Woche ganz allein zu Hause bin. Am letzten Schultag hatte ich ihm bloß mitgeteilt, dass ich keine Lust hätte, in die Ferien zu fahren. Ohne hinzuzufügen, dass die Eltern und Jens trotzdem Urlaub machen. Ohne mich. Und am letzten Schultag, als er dort allein am Zaun lehnte und rauchte, hatte mich sein Anblick irgendwie verwirrt. Das war überhaupt nicht mehr Simon, das war ein anderer, deprimierter, mir fast unbekannter Junge. Er wirkte so verdammt traurig und abwesend. Was sollte ich denn sagen? Du, ich bin jetzt eine Woche allein, du kannst dich mit mir aussprechen, wenn du möchtest ? Aber so wie es war, wird es nicht mehr sein, das sag ich dir gleich ...

Nein. So konnte ich nicht mit ihm reden. Nicht zu jenem Zeitpunkt. Außerdem will ich keine Problemablade mehr sein. Kein Zufluchtsort. Genug damit. Morgen rufe ich ihn an und sage es ihm. Sage ihm klipp und klar, dass ich ihn wegen etwas ganz Wichtigem sprechen möchte. Dass ich ihn sehen muss.

Morgen hat Simon nur mehr fünf Tage.
Fünf Tage geb ich ihm.
Dann ist es aus.
Oder es fängt erst richtig an.

Mittwoch

Ich wache auf, die Sonne treibt mir mit warmen kitzelnden Strahlenfingern den Schlaf aus Gesicht und Körper. Ich weiß genau, was ich jetzt will: nichts. Ich drehe mich weg vom grellen Licht, rolle auf den Bauch, der mir noch wehtut, vergrabe den Kopf in meinem Arm. Die Sonne scheint nicht für mich, sie ist so fröhlich, so hell, so tagfrisch. Sie will nichts, außer scheinen. Ich will nichts, außer meine Ruhe. Aber die habe ich nicht. Der Gedanke an Simon springt in meinen Kopf und stößt mich aus dem Bett. Und wenn ich ihn jetzt gleich anrufe und mir etwas mit ihm ausmache?

Erst mal frühstücken. Ich muss meinen Magen beruhigen. Also bereite ich mir Kamillentee, esse Weißbrot mit Butter, träume von Schinken, Käse und Wurst und male mir aus, was ich Simon sagen soll, wenn wir uns treffen.

Eigentlich möchte ich ihn nicht in meinem alten muffigen Nachthemd anrufen. Selbst wenn er mich durch den Hörer nicht sehen kann. Ich fühl mich einfach nicht wohl in dieser Aufmachung. Am besten, ich putze mir die Zähne, kämme mich, ziehe meinen Kuschelpulli und den Rock an, den er gerne hat. So. Jetzt könnte ich ihm gegenüberstehen. Ich atme tief durch, wähle die Eins und die Sechs und die Vier und die ... Der Finger bleibt in der Luft. Ich lege auf. Das Herzklopfen ist zu stark. Das Herz weiß, was ich mir wünsche, kennt meine Angst vor dem Nein, vor der albtraumtiefen Leere, die folgt, wenn nichts aus unserem Gespräch wird, wenn alles aus ist. Endgültig.

Mutlos kauere ich mich auf den Boden, mitten auf meine vor zwei Tagen begonnenen Zeichenblätter. Ich greife nach meiner Ölkreide, ziehe dicke rote Wutbahnen über mein Bild mit den Bäumen und der Hand, dem Kreis und dem Schmetterling, hagle ein Gewitter von Strichen darüber, sodass die stolzen Bäume nach allen Richtungen wegknicken, der harmonische Kreis aufbricht, ritze ein Gewirr von giftblauen Linien ein, in denen sich der Schmetterling verfängt. Langsam beruhige ich mich, lege die Kreide weg, nehme den dicksten Pinsel, tauche ihn in das Glas mit dem abgestandenen grünbraunen Wasser, lasse ihn im roten Farbnapf kreisen, schleudere das Rot in schnell zerrinnenden Blutflecken von der haarigen Spitze. Ich hab soeben meine Herztöne gemalt ... Erst jetzt werde ich langsam ruhiger, kann aufstehen und versuchen Simon noch einmal anzurufen.

»Simon ist schon aus dem Haus«, sagt seine Mutter. »Soll ich ihm etwas ausrichten?«

»Nein, danke.« Klack macht der Hörer, als er einrastet.

Klack – tönt es in mir nach.

Wie gut ich die Stimme seiner Mutter kenne. Sie klingt wie immer. Ich kann mir gar nicht vorstellen, was inzwischen alles bei Simon zu Hause passiert ist. So oft hatten seine Mutter und ich früher miteinander gesprochen. Früher ...

Simon und ich ... Manche in der Klasse wetteten, dass wir eines Tages heiraten würden. Auch meine beste Freundin Hannah sagte: Ihr zwei bleibt für »immer und ewig« zusammen.

»Immer und ewig« hat mit Mareike aufgehört.

An dem Tag, an dem Simon mir die Wahrheit gestand, reihte ich so ziemlich alles, was ich von ihm an kleinen Geschenken erhalten hatte, nebeneinander auf meinem Tisch auf. Eine Vogelfeder, einen Würfel, eine Papierblume, eine Tanzpuppe, einen Anstecker, eine Glaskugel, eine Dose, einen Bernstein, eine Kette, einen gläsernen Storch, einen Ring, ein Kaleidoskop, alle Tickets zu Filmen, Discos und Konzerten. Bloß die getrocknete Brennnessel aus der Zeit, als wie Kinder waren – *Achtung, bissig, berühren ver-*

boten –, legte ich nicht dazu. Ich sah die Dinge an, strich mit den Fingern darüber, immer wieder, stupste sie schließlich um, richtete sie wieder auf, ordnete sie neu, betrachtete sie. Sah die Bilder, hörte die Töne, jeder Gegenstand eine Geschichte, die nun wehtat. Plötzlich – mit zerstörerischem Schwung – wischte ich die lange Reihe in einer einzigen Armbewegung vom Tisch. Die Erinnerungen fielen in wildem Durcheinander beinahe lautlos auf den Teppich. Vier Jahre Glück lagen verstreut umher, der kleine Storch brach sich das Bein.

Endlich konnte ich losheulen, hob irgendwann alles auf, legte es zu einem Haufen zusammen, schob den Haufen über den Tischrand in eine große Schachtel, verstaute die Schachtel im untersten Regal meines Schranks. Drückte sie in das hinterste Eck.

Ich weinte oft in diesen Wochen, flüchtete mich in meine Musik, versperrte meine Tür, setzte die Kopfhörer auf, schloss die Augen, redete kaum, verlor meine Träume.

Mama versuchte mich zu trösten, sie verstand wenig. Sie gestand mir zwar zu, dass es schlimm war, was ich durchmachte, wollte mich jedoch überzeugen, dass ich in meinem Alter noch nicht abschätzen könne, was echte Liebe sei. »Man glaubt, es ist die große Liebe, und dann ...«

»Hör auf!!«, schrie ich sie an. »Das Gefühl der Liebe ist immer echt! Was weißt denn du schon, Mama!!«

»Ich lebe schließlich schon ein bisschen länger auf der Welt.«

»Na und? Glaubst du, dass du deswegen mehr weißt?!«

»Ich will damit sagen, dass ich mehr Vergleichsmöglichkeiten habe und mehr Erfahrung«, fügte sie hinzu.

»Was soll ich mit deiner Erfahrung?! Was mischst du dich überhaupt ein? Ich weiß, was ich weiß, und das genügt!«

»Mehr Erfahrung haben heißt nicht, dass ich glaube, klüger zu sein, nur weil ich erwachsen bin.« Klar glaubte sie das. Sie versuchte einzulenken, die Distanz zwischen uns zu verringern. »Aber ich habe eben mehr erlebt und weiß deshalb, dass es im Leben immer weitergeht, auch wenn man ganz unten ist. Ich will dir doch nur helfen, Ines.«

»Dann hör auf mit dem Quatsch!!«

Ihre Predigt war jedoch nicht beendet. »Plötzlich ist jemand da, in den man sich wieder verliebt. Selbst wenn man einmal geglaubt hat, dass das, was man erlebt hat, *die* große Liebe war«, sagte sie in ihrem gezwungen ruhigen Ton. Er brachte mich noch mehr auf die Palme.

»Kannst du gefälligst den Sender abstellen!! Mich interessieren deine blöden Ratschläge nicht!!« Ich hörte nicht mehr hin. Es war unerträglich und ich konnte ihr nicht entfliehen, die Worte hämmerten weiter in mich: »Schau, wie ich in deinem Alter war, da hatte ich einen Freund, der ...«

»Geh raus aus meinem Zimmer!«, schrie ich. »Es sind *deine* Erfahrungen. Nicht *meine*. Lass mich endlich in Ruhe!« Sie ging. Gekränkt. Obwohl sie es war, die mir nicht zutraute dieses eine, dieses übergroße Gefühl zu kennen. Das Gefühl, das echter als echt war: Liebe.

Meine Liebe.

Auch Papa konnte mir nicht viel helfen, er sah mich manchmal tröstend an, strich mir über den Kopf, sagte: »Es wird schon wieder.« Als wäre ich krank. Und: »Komm, ich lad dich auf eine Pizza ein. Wir teilen sie uns. Du bist doch auf Diät, oder?«

Auf Diät? Es klang wie ein gebrauchter Gegenstand, der zu nichts mehr diente. Wozu sollte ich Diät halten? Nein, ich wollte nichts mit Papa teilen. Nur mit Simon. Etwas, was man nicht mit Messer und Gabel teilen konnte.

Bloß meine Schwester, die sich mir gegenüber im Allgemeinen nicht viel einfühlsamer als ein Tischbein verhielt, war die Einzige, die mich irgendwie verstand. Sie nahm mich nicht um die Schultern, sie verpasste mir keine Ratschläge, sie erzählte mir nicht von ihren Erfahrungen mit Jungs. Sie steckte nur kurz den Kopf bei meiner Zimmertür herein und sagte: »Ich versteh dich.«

Daraufhin weinte ich noch heftiger, aber ich fühlte mich nicht mehr ganz so einsam.

Ich werde Simon in zwei Stunden noch einmal anrufen. Mittags wird er vielleicht zu Hause sein. Die Stille in der Wohnung hat ein Gewicht, es drückt. Ich schalte das Radio ein, der Sprecher fragt gerade einen Meteorologen: »Und? Wird es heute Ihrer Meinung nach so heiß wie gestern?«

»Nein«, sagt der Meteorologe.

»Gott sei Dank«, sagt der Sprecher.

»Es wird noch heißer!«, sagt der Wettermann.

Bloß keine fliegenden Ameisen mehr! Ich prüfe, ob ich noch genug Insektenspray habe. Plötzlich höre ich wütendes Hundegekläff im Treppenhaus. Vorsichtig öffne ich die Eingangstüre. Vor Frau Petzolds Wohnung steht Christian mit einem abschreckend schwarzen Hund, der mir bestimmt bis zur Hüfte reicht.

»Hallo«, ruft mir Christian zu.

»Hallo«, antworte ich unsicher. »Ist das deiner?«

»Das Höllenpferd hier? Ja. Das ist Mustang.«

In diesem Augenblick schießt Mustang auf mich zu und ich klemme ihm beinahe die Pfoten ein, weil ich vor Schreck die Tür zuschlagen will.

»He, he, schalt mal einen Gang runter!«, befiehlt Christian. Ich weiß nicht, ob er mich oder das Höllenpferd meint. »Der mag dich, du musst was Besonderes an dir haben, einen Geruch, schätz ich!«

Sind wohl meine alten Socken und ihr Vier-Tage-Mief, echter Naturduft! Ich ziehe die Füße von der Eingangsschwelle zurück. Der Hund schnüffelt weiter an ihnen, will an mir hochspringen, als zum Glück die Nachbarin reisefertig heraustritt und Mustang von mir ablenkt.

»Willst du vielleicht doch in die Stadt, Ines, dann nehmen wir dich im Taxi mit«, schlägt Frau Petzold vor.

»Ja, wir nehmen sie mit«, sagt Christian, bevor ich antworten kann. Mir ist es recht. Schließlich fährt man nicht täglich mit einem DJ und einem Höllenpferd Taxi. Ich weiß ja ohnehin, was ich heute will: nichts. Bis zu dem Augenblick, da ich mit Simon reden werde.

»Und dein Hund?«, frage ich. »Hält der Taxis aus?«

»Wenn ich nicht gerade meine Musik auflege, arbeite ich nachts als Fahrer«, sagt Christian. »Mustang weiß genau, wie er sich zu verhalten hat.«

»Solange er nicht den Wagen lenkt ...«, sage ich.

Ich schalte den Anrufbeantworter ein und fahre mit. Als wir Frau Petzold in den Zug gesetzt haben, sagt Christian: »Ich muss wieder zurück zu dir. Mein Fahrrad steht dort.«

»Zu mir?«

»Na, zu deinem Haus. Ich hätt gern eine geraucht. Mit dir.«

»Mit mir?«

»Sag mal, hast du deine Lauscher auf Tauchstation geschaltet? Mit wem sonst ? Ich red doch mit dir.«

»Ich fahre nicht nach Hause, ich bleib in der Stadt«, sage ich schnell. Ich hab keine Lust, dass der sich bei mir breit macht und nachher der kalte Rauch in den Räumen hängt.

»Vielleicht kommst du später bei mir vorbei, du bist doch allein, soviel ich weiß. Ich hab mir gestern ein Videogerät gekauft. Billig, dafür leider ohne Garantie und mit Wackelkontakt. Aber ich hab ein paar Superfilme!«

»Nein«, sage ich sehr bestimmt. Er wird lästig. Es ist die Art, die ich nicht mag, dieses überlegene Lächeln, bloß weil er um so viel älter ist und DJ. Wahrscheinlich rennen dem die Mädchen in Scharen nach. Ich bestimmt nicht. Etwas warnt mich.

»Ich hab Lust auf ein Bier. Dort vorne ist ein Lokal, das ist ganz nett. Kommst du wenigstens mit auf einen Schluck?«

»Ich mag kein Bier.«

»Glas Milch?«

»Cola mit Rum.« Der soll bloß nicht glauben, dass ich ein

Baby bin und dass er sich über mich lustig machen kann. Widerwillig folge ich ihm in das halb leere Lokal. Mustang trottet wieder an meiner Seite.

»Der mag dich echt!«, sagt Christian noch einmal, bevor wir uns hinsetzen und das Riesentier sich unter den Tisch legt.

»Als ich ihn mir aus dem Hundeheim geholt habe, hat er erst mal die Nächte durchgebellt«, erzählt Christian, nachdem er für sich Bier und für mich eine Cola mit Rum bestellt hat. »Die Nachbarn haben sich mit Ohropax eingedeckt und mir jede Menge netter Flüche an den Kopf geschmissen. Und wenn Freunde zu mir raufkamen, bellte er ebenfalls wie besessen, ich musste ihn einsperren, weil er sonst auf sie losgegangen wäre. Bald wollte keiner mehr zu mir kommen.«

»Und was hast du gemacht?«

»Die Freunde gewechselt und den Hund behalten!« Christian lacht, dass seine wilden Stirnfransen auf und abhüpfen ... Mustang, der ahnt, dass man von ihm spricht, stupst ihn mit der mächtigen Schnauze gegen das Knie.

»Und was ist mit dir?«, fragt Christian.

»Ich belle nicht«, sage ich.

»He! Du gefällst mir. Bist irgendwie anders als die Mädchen, die ich kenne.« Er begutachtet mich wie ein seltenes Insekt.

Plötzlich sieht er zum Eingang hin. Auch an den anderen Tischen sehen Leute in die Richtung, Mustang wird unruhig, stellt Vorderpfoten und Ohren auf.

Ein bedrohlich aussehender Typ mit fast kahl rasiertem Schädel, breit wie ein Schrank, in schwarzem T-Shirt, Military-Hose und Springerstiefeln, lehmgrauen Rucksack über der Schulter, stapft durch die offene Tür, steuert auf einen Platz am Nebentisch zu. Massig lässt er sich auf den Sessel fallen. Wie der aussieht! Verquollenes Gesicht, in denen die Augen fast verschwinden, aufgeworfene Lippen. Jetzt knallt er seinen mit wilden Aufschriften übersäten Rucksack auf den Boden. Mustang beginnt zu knurren, der vierschrötige Typ blickt kurz her, die Augen wie Schlitze zwischen den dicken Lidern, der Riesenhund kümmert ihn nicht. Quer über der rechten Wange entdecke ich drei blutig frische Schrammen, ich tippe Christian an, der verzieht in einer undefinierbaren Grimasse das Gesicht, hält Mustangs Leine kurz. Der Typ lässt seinen Blick durchs Lokal schweifen, mustert die Leute, kalte Aggression strömt von ihm aus. Er schiebt seine Ärmel ein Stück hoch, verhakt die Finger ineinander, knackt mit den Knöcheln, prüft die Kraft seiner Hände wie eine Waffe. Sie sind geladen. Er ballt die Fäuste, gewaltig sind die. Die Leute reden an den Tischen, als wäre er nicht da, und doch spürt jeder seine lähmende Gegenwart. Plötzlich brüllt er in Richtung Theke: »Bedienung! Was ist das hier für ein Scheißlokal!« Der junge Mann hinter der Theke hört mit dem Säubern der Gläser auf, blickt stumm zu uns herüber. Still ist es. Keiner der drei Kellner reagiert, sie halten in ihrer Arbeit inne, blicken jedoch warnend in Richtung des Randalierers. Da springt der Typ auf, der Sessel schlägt mit einem Knall an die Wand.

»Kriegen hier nur Kanaken was??! Ich bin von hier! Ich will bedient werden!«

Nun geht der von ihm Angesprochene um die Theke herum, jeder Schritt bemessen, steuert auf den Typen zu, der sich nun langsam wieder setzt, sagt ihm ruhig und bestimmt: »Hier wird jeder bedient, der normal bestellt. Aber nicht in dem Ton! Sorry!«

Die anderen Kellner und ein Gast nähern sich jetzt von allen Seiten wie in Zeitlupe. Auch Christian steht auf, an seiner Seite Mustang, der den Hals reckt und gefährlich knurrt. Am liebsten würde ich davonlaufen, gleich geht es los, gleich schlägt er uns nieder, wir sind die, die am nächsten sitzen, schon schaut er her, der Zombie. Mich hat er ausgewählt.

»Ich glaub, auf die Art kriegst du hier wirklich nichts«, höre ich plötzlich Christian in unmissverständlichem Ton sagen. Einer der Kellner bewegt sich auf den Tisch zu, tritt bis auf Armlänge an den Wütenden heran. »Du, ich bin nicht der Chef, mit dem könntest du besser reden, aber dein Bier bring ich dir erst, wenn du dich beruhigst!« Dann sagt er etwas, was ich nicht mitkriege, weist stumm zum Ausgang. Die anderen, auch Christian, stehen abwartend und bis zum Äußersten angespannt da, geben dem gefährlichen Mann allein durch ihre Haltung zu verstehen, dass er hier nicht willkommen ist. Keiner rührt sich, keiner greift an. Mit einem Mal stößt der Kerl einen Mordsfluch aus, reißt den Rucksack an sich, stößt krachend den Tisch um, brüllt: »Ich hab Freunde in der Stadt, ich komm wieder!«

»Auch wir haben Freunde in der Stadt! Sie sitzen schon hier!«, ruft ihm einer der Kellner nach.

Es ist gespenstisch. Als der Bedrohliche außer Sichtweite ist, geht jeder wieder seiner Arbeit nach, Christian setzt sich, Mustang hört zu knurren auf, es ist, als wäre ein Spuk vertrieben worden.

»So einer kommt in mein Lokal gar nicht erst rein«, sagt Christian zu mir. »Aber ich hab's da leichter. Bei uns gibt's Türsteher.«

»Ich bin total weg, dass ihr alle so ruhig reagiert habt, das war echt beeindruckend.«

»Ist Erfahrung«, sagt Christian. »Wenn es nur irgendwie geht: Mit solchen Typen nicht aggressiv werden. Sie nicht noch mehr herausfordern. Darauf warten sie nur. Höflichkeit und Bestimmtheit hauen sie da schon eher um. Der an der Theke, der scheinbar nach nichts aussieht, heißt Ricardo und ist übrigens selbst der Chef. Ist bloß ein Trick zu sagen, dass man seine Beschwerden an den Chef richten soll, das lenkt schon mal ab. Ricardo meint, wenn so ein unangenehmer Typ auftaucht, soll man ihn nicht gleich rausbefördern, ihm erst mal Zeit lassen, sich zu akklimatisieren. Der merkt dann manchmal von selber, dass er da nicht reinpasst.«

Mir ist noch immer kalt von der eben erlebten Szene.

»Ich dachte, der schlägt jede Sekunde auf jemanden ein. Hast du gesehen, wie der mich plötzlich angeschaut hat?«

»Klar hab ich es mitgekriegt.« Christian drückt mich an sich. Für mein Empfinden eine Spur zu lang.

»Gott sei Dank war Mustang dabei«, sage ich.

»Gott sei Dank musste sich Mustang nicht blamieren. Und ich mich mit ihm. Außer knurren und wie ein Irrer bellen und gefährlich aussehen kann der nämlich nichts. Das ist der größte Feigling, seit es Hunde gibt!«

»Waas!? Ist das wahr?!«

»So wahr, wie du Ines heißt. Nicht die Größe macht es.«

Ich denke an Mario. Schließlich fällt mir ein, was ich heute vorhabe. »Ich muss jetzt gehen, du. Ist mir auch lieber, als auf einen neuerlichen Besuch von dem Zombie zu warten!«

»Der kommt nicht wieder, keine Angst. Aber kommst du heute Abend? Ich hab dir neulich den Flyer zugesteckt. Kannst dir was von mir wünschen, ich leg es auf. Spiel's nur für dich!«

»Vielleicht«, sage ich, während Christian mir bereits erklärt, welche Buslinie zu ihm führt.

Die frische Luft tut gut, das helle Tageslicht umtanzt mich. Die sonst mickrig wirkenden Bäume, die die Hauptstraße säumen, machen mir jetzt Lust auf den Park, auf den kleinen Teich und auf friedliche Enten, die keinen überfallen, außer Regenwürmer. Zum Glück befinden sich heute nicht nur Pensionisten und Mütter mit Kleinkindern hier, in den Ferien ist der Heidenpark auch Treffpunkt für viele Jugendliche, vielleicht ist jemand hier, den ich kenne. Ich drehe zwei Runden, stapfe quer über den Rasen, schlendere zwischen den Bäumen herum, sehe die Liebespärchen auf den Bänken sitzen, im Gras liegen, möchte zu ihnen gehören.

Simon ... Von der nächsten Telefonzelle aus werde ich ihn anrufen.

Dort, wo die Schatten der Bäume so dicht sind, dass sie grüngraue Verstecke bilden, entdecke ich mehrere junge Leute, manche tragen vergammelte Kleidung, einige haben eine große Tätowierung am Arm, andere sehen aus wie ich, auch zwei Mädchen sind dabei. Hier kriegt man Stoff, das ist bekannt, die meisten Parkbesucher meiden den Platz. Einmal bin ich selbst in eine Razzia geraten, zum Glück hatte ich meinen Ausweis bei mir. Lieber mache ich einen großen Bogen, ich habe keine Lust angesprochen zu werden. Plötzlich durchzuckt es mich. Undeutlich, aber doch, erkenne ich weiter entfernt eine eher auffallende Gestalt, es ist ein Junge, groß gewachsen, eckige Schultern, steht breitbeinig da, den Kopf leicht vorgeneigt, als würde er aufmerksam zuhören. Er spricht mit einem Typen mit verkehrt aufgesetzter Baseballkappe, sie tauschen etwas aus. Der Junge greift in seine hintere Hosentasche, holt seine Geldbörse heraus, während der Große das Umfeld beobachtet, sich vorsichtig nach allen Seiten wendet, jetzt in meine Richtung blickt. Er sieht mich nicht, weil ich halb versteckt an einer Kastanie lehne. Aber ich sehe *ihn*, entsetzlich genau, brauche nur meinem Herzschlag zu folgen, er klopft ein S und ein I und ein M und ein O und ein N.

Was tue ich jetzt? Anika hat also Recht. Simon kifft, jedenfalls besorgt er sich Stoff. Das ist bestimmt nicht der richtige Augenblick um auf mich aufmerksam zu machen. Und wenn ich trotzdem hingehe, erst unbemerkt, ihm von hinten auf die Schulter tippe, ihn überrasche, ihn überführe? Es würde ihm nicht gefallen. Er würde abblocken, schweigen, so war er immer schon, wenn er nicht bereit war etwas zuzugeben. Er würde mich vielleicht nicht einmal kennen wollen vor den Typen. Ich sehe viel zu brav aus, die riechen bestimmt schon auf hundert Meilen Entfernung, dass ich nie rauche, nicht mal normale Zigaretten. Denken womöglich, ich will sie bespitzeln. Nein. Ich trau mich da nicht hin. Schon gar nicht nach dem Vorfall in dem Lokal. Und wenn ich von weitem rufe: He, Simon, ich bin's!? Und er ruft zurück: Wer? Und ich schreie: Ines, rüber und er schreit: Du kannst mich mal, weil das zu denen passt und er sich wegen mir schämt und nichts von mir wissen will. Vielleicht hat er auch Angst, mich allein zu treffen, weil Mareike es ihm verboten hat, sonst hätte er längst einmal in dieser ersten Ferienwoche angerufen.

Fremd ist mir Simon, wie er dort in der Gruppe steht, an die ich nicht rankann. Leise ist sie wie eine Verschwörung, will nicht unnötig Aufmerksamkeit erregen. Nein. Ich lauf da nicht hin. Ich ruf auch nichts hinüber. Ich warte, bis Simon von selber geht.

Ich lehne weiter an dem Baumstamm, ein flaues Gefühl im Magen. Erst jetzt merke ich, wie hart die knorpelige Rinde gegen meinen Rücken drückt. Bisher war ich durch die Worte in meinem Kopf abgelenkt gewesen, Sätze, die ich mir zurechtlegen wollte und die ich jetzt alle wieder verwerfe. Würde Simon zugeben, dass er kifft? Dass du mich dort gesehen hast, ist noch kein Beweis, wird er vielleicht sagen, außerdem geht es dich nichts an.

Aber das stimmt nicht. Wir sind Freunde. Noch immer. Und wenn Mareike, diese ausgeflippte Kuh, die ihn total verändert hat, mitmacht, soll sie. Mir egal. Aber Simon muss ich helfen, bevor es zu spät ist. Und wenn er meine Hilfe nicht will, mich auslacht? Ich habe ja überhaupt keine Erfahrung mit Drogen.

Endlich geht er. Aber leider nicht allein. Ein Mädchen und drei Jungs begleiten ihn, sie steuern auf den Parkausgang zu. Ich löse mich von dem Baum, will ihm hinterher rennen, doch meine Beine rühren sich nicht vom Fleck, nur mein Herz jagt ihm nach. Vielleicht ist er in einer Stunde zu Hause. Dann rufe ich endlich an. Erzähle ihm, dass ich ihn gesehen habe. Ohne zu sagen, wo.

Ich lasse mich durch die Stadt treiben, den Kopf schwer von all den Gedanken, die ich nicht auf die Reihe kriege. Sie haben mehr mit Simons Drogen als mit meinem Ultimatum zu tun. Nach und nach lasse ich mich von den Auslagen der Geschäfte und der kleinen Boutiquen ablenken, verkürze mir die Stunde bis zum Anruf mit Versuchungen aus flippigen Jacken und modischen T-Shirts, aus Hosen, in die ich in meiner Fantasie hineinpasse, aus superengen Röcken, unter denen meine zu dicken Hüften wie Eis dahinschmelzen. Schließlich mache ich den Schritt, den entscheidenden, hinein in eine bekannte Boutique, in der all die tollen Mädchen aus Mareikes Clique einkaufen, lass mich von Musik berieseln, berühr die Stoffe der Kleider, hauchdünn sind manche, durchsichtig wie Flügel. Schmetterlingshaut. Ich entdecke eine Bluse, schwarz, ein anschmiegsamer Stoff, ein einfacher Schnitt. »Probier die einmal«, sagt die Verkäuferin, kurzes kupferrotes Haar, schmal, zierlich. »Die sieht echt toll aus!«

Auch auf mir? will ich fragen, zögere, halte die Bluse am Kleiderbügel hoch und drehe sie unentschlossen hin und her.

»Dort ist eine Kabine frei«, sagt die Verkäuferin und nimmt mir die Entscheidung ab. Sie ist nicht aufdringlich, trotzdem mag ich es nicht, wenn man mich berät. Ich will selber feststellen, was mir steht, und mich nicht bloßstellen vor dem Spiegel und den Leuten im Geschäft. Ich weiß genau, dass diese Bluse nicht zu meinem Typ passt. Jetzt schleppt sie auch noch einen kurzen Rock an, der angeblich »echt super« zu dem Oberteil aussieht. Klar tut er das, aber ohne mich darunter. Ich will die Verkäuferin loswerden, also probiere ich beides. Stickig heiß ist es in der engen Kabine, die Bluse rutscht vom Bügel auf den staubigen Boden, dafür verfangen sich die Schlaufen des Rocks in den Haken. Wenn die Kupferrote bloß nicht den Vorhang aufzieht und mich in meiner ausgeleierten Unterwäsche sieht. Die Bluse passt nicht mal so schlecht. Ich bin erstaunt. Auch der Rock sieht nicht übel aus. Als ich schwitzend hervortrete, steht die Rote auffangbereit da, beobachet, wie ich mich unsicher im großen hellen Spiegel betrachte. Gibt ungefragt Kommentare ab. »Na? Passt dir wirklich gut. Und die Bluse streckt richtig!«

Als müsste ich »gestreckt« werden, damit ich annehmbar aussehe. Folterbank, Marterworte. »Ich mag es eigentlich nicht so sehr«, sage ich zur enttäuschten Verkäuferin, gehe in die Kabine, schlüpfe aus den streckenden Kleidungsstücken.

Bin wieder Pummel-Ines.

Als mich Anika einmal zum Einkaufen mitnahm, probierte ich mutig einen ebenso kurzen Rock, betrachtete mich im Spiegel, sah nicht mehr den Rock, bloß meine Beine, fragte: »Findest du nicht, dass ich dicke Beine habe?«

Behutsam wie ein Trampeltier antwortete Anika: «Wenn du meinst, dass du dicke Beine hast, dann stoß Simon nicht auch noch drauf!«

Auch jenen Rock hängte ich zurück an die Stange. Meine beste Freundin Hannah hat da mehr Feingefühl. Auch von ihr wollte ich einmal eine »ehrliche Meinung«: »Sag, ist mein Hintern wirklich so groß oder sieht der nur so aus?«

»Das ist bloß der Spiegel, Ines«, sagte Hannah. »Er verzerrt. Du siehst in Wirklichkeit ganz anders aus.«

»Wie?«

»Gut!! Simon würde sagen: ›Sie ist mein bester Aufriss seit vier Jahren‹«, fügte sie lachend hinzu, weil es sein Standardsatz war.

Zwei Wochen später »riss« er Mareike auf.

Noch eine Viertelstunde, dann rufe ich an. Oder ich warte noch ein bisschen, damit er auch sicher zu Hause ist. Ich könnte noch in das große Kaufhaus gehen, dort haben sie eine hübsche Wäscheabteilung, mit sexy Wäsche fühl ich mich gleich selbstbewusster, diesmal lass ich jedoch keine kupferrote oder lila gescheckte Verkäuferin an mich ran. Eigentlich könnte ich etwas vom Selbstversorgungsbudget abzweigen, das hab ich dann angeblich für ordentliches Essen ausgegeben, weil mich Hunger und Einsamkeit überfallen haben. Eine Ausrede werde ich schon finden. Schlimmstenfalls hab ich meine Geldbörse verloren. Mit Inhalt. Mit genauso viel, wie dieser leuchtend weiße Spitzen-BH und der dazugehörige Slip kosten. Ich bin nicht mehr die brave Ines, streif sie ab, hol meine Schwester ein.

Ich entscheide mich, Simon von zu Hause anzurufen. Von engen Kabinen habe ich heute genug. Als ich die Wohnungstür aufsperre, empfängt mich die seit vier Tagen gewohnte Stille. Nur der Anrufbeantworter blinkt. Ich schmeiß die Einkäufe auf den Boden, drücke auf »Wiedergabe«. Eine männliche Stimme nuschelt, Mama solle im Büro anrufen. Ich schreibe die Nachricht auf. Es piepst, surrt, etwas klickt, die nächste Nachricht kommt klarer, sie stammt von Mario. »Wir wollen uns morgen um zwei im *Drive in* treffen, vielleicht später eine Radtour machen, kommst du?«

Wer ist »wir«, frage ich mich. Er und ich? Oder sind da noch welche dabei? Dann ist Manuela dran: »Hast du Lust, morgen rüberzukommen? Thorsten, Lisa und Oliver sind auch da.«

Thorsten ... Manuela geht also weiter mit ihm. Eigentlich bin ich nicht scharf drauf den beiden beim Schmusen zuzusehen, möchte auch nicht das fünfte Rad am Wagen sein. Trotzdem freu ich mich irgendwie. Ich bin also doch nicht ganz verschollen, jemand hat entdeckt, dass ich lebe. Das gibt mir Mut, Simon anzurufen. Wieder zittern meine Finger ein wenig, als ich die Nummer wähle.

»Hallo?«

»Ich bin es, Ines!«

»Ich wollte dich auch schon anrufen. Irgendwie war es nie der richtige Zeitpunkt.«

»Vielleicht ist er's jetzt. Ich bin allein zu Hause. Schon die halbe Woche. Meine Eltern und Jens sind weggefahren, ich wollte nicht mit.«

»Wieso denn nicht?«

»Wegen dir.« Himmel! Das hatte ich doch gar nicht

sagen wollen, ist mir rausgerutscht, hat wohl zu lange in mir gesteckt.

»Wegen *miiir* ?« Simon fällt fast durch den Hörer.

»Nicht wirklich«, sage ich hastig. »War nur ein Witz. Kein allzu guter, deiner Reaktion nach, schätze ich.«

»Ich würd mich freuen, wenn es so wäre.«

»Wenn *was* so wäre?«

»Na, was du eben gesagt hast. Dass du wegen mir dableibst.«

»Echt? Die Freude kann ich dir machen. Es ist so«, sage ich mutig.

»Ist das wieder ein Witz?«

»Hör zu, Simon, ich hab dich heute gesehen. Ich bin ziemlich erschrocken, weißt du.«

»Hab ich mich in den paar Tagen so verändert? Sah ich aus wie ein Alien?«

»Nein. Ich denke, du weißt, wovon ich spreche.« Mein Tonfall ist ernst geworden. Simon auch. Er blockt ab. Wusste ich ja.

»Ich hab keine Ahnung, was du meinst«, sagt er kühl.

»Es war ein besonderer Platz, Simon.«

»Etwa im Heißluftballon? Hast du mich dort entdeckt?«

»Hör auf zu blödeln. Ich mein es ernst.«

»Ich auch. Und ich weiß nicht, wovon du redest!«

»Ist das möglich?? Also ich meine, im Park ... wo die Junkies ...«

»Sag mal, spinnst du? Dort hast du mich bestimmt nicht gesehen!«

»Dann brauch ich eine Brille.«

»Wir haben einen Optiker in der Straße. Willst du die Adresse?«

Unmöglich, auf dieser schrägen Wellenlänge mit Simon zu reden. Ich gebe auf. Er hört mich seufzen. Stille.

»Mareike will nicht, dass wir uns treffen, während sie in Rom ihre Spaghetti dreht, stimmt's?«, sage ich herausfordernd.

»Stimmt«, sagt Simon. »Kann ich dich trotzdem sehen?«

Mein Herz schlägt einen wilden Rhythmus. »Wenn du keine Schwierigkeiten kriegst ... so was wie Hausverbot bei ihr oder Ähnliches. Wie steht es eigentlich mit deinen Eltern?«

»Es steht nicht. Es fällt. Zusehends. Artet sich zum Krieg der Geschlechter aus!« Er lacht. Es klingt so falsch, dass es schmerzt.

»Das tut mir Leid, tut mir echt Leid für dich, Simon.«

»Wie wär es mit Freitag? Wäre wieder mal schön, zusammen.«

Ich kenn diesen Tonfall. Halb Frage. Halb Bitte. Er will seine Probleme loswerden, braucht meine Nähe. Das ist es also.

»Und wo?«, frage ich.

»Bei mir. Ist tagsüber sowieso keiner da.«

Versuchung. Etwas schrillt in mir, warnt mich. Vielleicht meint er es doch anders und wir liegen uns am Ende in den Armen wie früher. Nein. Nichts ist wie früher. Sonntag kommt Mareike zurück.

»Treffen wir uns woanders«, sage ich. »Nicht bei dir. Irgendwo draußen, wo wir auch allein sind und reden können. Es wird heiß, haben sie gesagt.«

»Willst du schwimmen gehen?«

»Gut«, sage ich, weil mir nichts Besseres einfällt. Schwimmen möchte ich eigentlich am allerwenigsten. Im Bikini kann ich nicht so frei reden. Jedenfalls nicht über etwas Ernstes. Da brauch ich meinen Kuschelpulli. Etwas von dem Gespräch deute ich schon jetzt an. »Ich muss dir was Wichtiges sagen, Simon. Es hat mit der Art zu tun, wie wir zusammen sind.«

»Ist es nicht schön so?«

»Nein.« Diesmal wird er mich nicht überzeugen.

»Und warum nicht?« Simon klingt unsicher. Er ahnt etwas.

»Das sage ich dir Freitag. So was kann man nicht am

Telefon besprechen. Aber du sollst wissen, dass es eben total wichtig für mich ist. Wir sehen uns um zwei vor dem Schwimmbad, okay?«

»Da kommt noch was auf mich zu, schätze ich!«

»Ja. Ich!«

Als ich den Hörer auflege, zittere ich mehr als zuvor. Der Satz ist heraußen, Simon kann sich schon einmal überlegen, wie er eine Lösung findet. Als ich in die Küche gehe, um mir eine Eierspeise zu machen, fällt mein Blick auf den weggeworfenen Flyer, der im Papiermüll steckt. Nach Tanzen ist mir nicht. Da hilft es auch nicht, dass ich den DJ kenne.

Still ist es in der Wohnung. Niemand, mit dem ich streiten kann, aber auch niemand, mit dem ich reden kann. Es ist eine Stille voller Worte und Bilder. Ich zeichne sie in mein Tagebuch, verleihe dem Tag seine Farben: Kupferrot, Traumblau, Herbstbraun. Über dem feuchten Papier und rund um mich schwebt Simonduft, er regt mich an, treibt mir die Sehnsucht in die Finger, ich tauche meinen feinsten Pinsel in leuchtendes Gelb, setze einen Zitronenfalter auf die höchste Linie. Er wird fliegen. Dieser kann es vielleicht. Am liebsten würde ich Simons Namen daneben schreiben. SIMON ...

Vier Tage geb ich ihm.
Dann ist es aus.
Oder es fängt erst richtig an.

Donnerstag

Etwas weckt mich aus einem Traum, in dem Mario versuchte mich heftig zu küssen, jedoch immer wieder an meiner Wange abrutscht. Schlaftrunken greife ich an die Stelle, an der ich eben noch den unsanften Kuss spürte, spitz wie ein Biss, höre eine widerliche kleine Säge sirren, dicht an meinem Ohr. Marios vermeintlicher Kuss war ein Mückenstich. Entsetzt fahre ich hoch. Noch eine Insekteninvasion und ich ziehe aus! Wild entschlossen suche ich rundum die Wände ab, entdecke das Biest, es hockt an der Wand oberhalb der Bettkante, bereitet den nächsten Angriff vor. Ich schaff es nicht mit dem bloßen Daumen zuzudrücken, spür schon jetzt die Flügel bis unter die Haut, hör das Flattern, das leise Todesknacken. Ich greife mir mein Buch vom Nachtkästchen, schlag es voll gegen die Wand, treffe. Ein schwarzroter Blutklecks bleibt zurück, die Mücke hat mich ausgesaugt wie ein Vampir und zu meinem Pickel am Kinn zählen jetzt auch noch fünf erbsengroße Bisse an Oberarm und Waden hinzu. Hügelig ist die Haut, außerdem sollte ich die dunklen Härchen entfernen. Mareike hat ganz glatte Beine, schlank sind sie, die könnte sogar einen Kartoffelsackmini tragen und sie würden immer noch wirken.

Ich gehe ans Fenster, blinzele in die immer gleiche Sonne, sie wirft ihr viel zu grelles Licht über die Straße und über mein Bett, holt es aus dem Nachtversteck, verdirbt mir die Lust mich wieder hineinzukuscheln. Kann es denn nicht einmal regnen, damit ich mich ohne schlechtes Gewissen in die Kissen zurückziehen kann? Ich möchte weder Mario noch Manuela und die anderen treffen, habe eine Zehngradminus-Laune, wünsche mir nur in Ruhe gelassen zu werden um über Simon und mich nachdenken zu können. Hoffentlich beginnt er mir nicht gleich von der ersten

Minute an seine Probleme zu erzählen, einen Arm um meine Schultern, eine Hand halb abwesend an meinen Brustwarzen fummelnd, sodass ich nichts mehr höre, nur spüre. Warum hat er übrigens nicht vorgeschlagen, dass er mich heute treffen will, weshalb erst Freitag? Die Zeit wird knapp. Wie soll ich ihm so viel an einem einzigen Tag erklären und ihm die Möglichkeit geben, sich zu entscheiden? Plötzlich scheint mir alles sinnlos. Mareike hat sich nicht in Luft aufgelöst, sie ist nur zwei Flugstunden von hier entfernt. Sie wird wieder kommen, braun gebrannt, während ich Bettlakenfarbe habe. Sie wird Simon vielleicht sogar »amore mio« ins Ohr flöten, weil sie es in Rom von irgend so einem Schmalzbrocken gehört hat und weil es schön klingt. Außerdem hat sie etwas zu berichten, schließlich war sie in einer Kulturstadt, auch wenn sie wahrscheinlich nur die Discos kennen gelernt hat. Ich hab auch was kennen gelernt: fliegende Ameisen und stinkende Fische und dass ein Tag mit Nichts vergeht und ich am Ende trotzdem erschöpft bin. Okay. Ich hab Mario getroffen, aber den seh ich zweihundertmal im Jahr und wir haben nicht mal Poolbillard gespielt. Ich kann es noch immer nicht. Mareike schon.

Mutlos ziehe ich die grashüpfergrünen Vorhänge zu, die mir schon als Kind als Tarnung gedient haben, auch das kleine ausgefranste Loch existiert noch, rechts unten in einer dicken Falte, das Loch, durch das ich nachts heimlich die besonderen Träume hereinließ. Ich fürchtete, sie fänden ihren Weg nicht zu mir, weil Mama abends die Stoffbahnen dicht zuzog, damit ich schneller einschlafen könnte. Doch die Träume müssten sich erst ihren Weg durch das Fenster bahnen, da war ich mir sicher.

Auch jetzt wirkt mein Zimmer schön und geheimnisvoll, höhlengrün, eine Welt für sich. Das Telefonläuten katapultiert mich aus meiner Welt hinaus und hin zum Hörer. Es ist schon wieder Anika, Meisterin im Zerstören von Illusionen!

»Wie geht's dir, Kleine?«

»Gut. Und dir?«

»Super! Das ist ein einmaliges Hotel, du, nur die Straße zwischen uns und dem Meer, und eine Menge los!«

»Fein.«

»Und bei dir?«

»Nichts Besonderes.«

»Ist alles okay, brauchst du was?«

Was fragt sie so blöd? Als könnte sie mir ihr Ferienparadies in zwei Minuten über den Ozean schicken. »Ich brauch nichts. Ruf lieber noch mal die Eltern an, damit das glatt geht.«

»Nein. Zu viel ist verdächtig. Sag ihnen, ich hab den Nachtjob, dann lassen sie mich in Ruhe. Vergiss nicht zu sagen, dass ich dich abends immer anrufe!«

Schon wieder muss ich für meine Schwester lügen! Und Mario werde ich ebenfalls anlügen, ihm vortäuschen, dass ich schon jemanden treffe oder besser gar nicht zurückrufen. Ich habe soeben beschlossen den ganzen Tag zu Hause zu bleiben, die Welt da draußen auszusperren. Ich mit mir. Und sonst niemand. Manuela hat mir gestern Abend nämlich noch einen Auftrag erteilt, ich sollte über zwei aus unserer Schule organisieren, dass Dieter aus der Parallelklasse mitkommt, und zwar für Lisa, weil die sich nicht traut ihn anzurufen. Wenn sie ihn sieht, flackern Glühwürmchen in ihren Augen und sie stolpert über ihre eigenen Füße. Aber ich habe nicht die geringste Lust, Liebesvermittlerin zu spielen. Wer vermittelt mich? Am Ende glaubt Dieter, *ich* wollte ihn treffen, eingebildet genug ist er. Immerhin bin ich hübscher als Lisa, die ist dafür gescheit, aber das interessiert keinen.

Plötzlich erfasst mich so ein Gefühl, das mich innerlich hochhebt, ein paar Zentimeter über den Fußboden, leicht ist es, schön ist es, frei ist es! Ich habe mich soeben entschlossen, mich bei überhaupt niemandem zu melden, auch nicht zu Manuela zu gehen. Ich wähle die absolute Freiheit, *nichts* unternehmen zu müssen, mich einzuigeln, lass alle warten und sich wundern. Ich werde nicht einmal mehr den Hörer abheben. Mich, Ines, gibt es ab jetzt, bis die Eltern wieder zurück sind, nur noch für mich selbst ... Ich schalte meine wildeste Musik ein, breite die Arme aus, tanze bloßfüßig durch alle Zimmer, wirble umher, dass die Haare nur so fliegen, hör mich lachen. Laut. Ausgelassen. Im Badezimmer klingt es noch heller, fröhlicher, wie Sonnensplitterlachen.

Ich bin das.

Aber was, wenn mich niemand anruft und fragt, wo ich geblieben bin? Wenn sich keiner von denen drum schert, was mit mir los ist?

Wenn kein Hahn nach mir kräht? Was hab ich von einer Freiheit, die niemand bemerkt? Am Ende bin ich wirklich verschollen, treibe auf einer einsamen Scholle in der Schollenwohnung umher, immer im Kreis ...

Da bin ich doch lieber mit den anderen. Mario rufe ich trotzdem nicht an.

Mittags finde ich im Tiefkühlfach überraschend Nahversorgung, nämlich eine Sechserpackung Fischstäbchen, noch von Mama. Ich hatte sie übersehen, weil sie nach hinten gerutscht war, hinter die massigen Fleischblöcke von Hühnern und Rindsschnitzel, die ich nicht anrühre. Außerdem bin ich jetzt Vegetarierin. Ich erhitze fingerdick Öl in der Pfanne, lasse die Tiefkühlfische vorsichtig hineingleiten, damit es nicht spritzt, sonst hab ich nachher zu viel Arbeit. Ranziges Fischöl kann ich nun doch nicht bis Sonntag eintrocknen lassen. Während mein erstes warmes Menü in der Pfanne brutzelt, sehe ich im Kleiderschrank nach, was ich anziehen könnte. Vielleicht hocken wir nur bei Manuela rum. Und wenn wir Rad fahren oder abends in die Disco wollen? Alles ist möglich. Ich kann nichts finden, das für jede Gelegenheit passt. Beeil dich, warnt meine Nase, diese Fische sind im Handumdrehen fertig! Ich auch. Schon etwa zehn Minuten später, und zwar mit den Nerven! Denn als ich in die Küche stürme, qualmt es bereits, das Öl spritzt rußschwarz nach allen Seiten, die gefrorenen Stäbchen ähneln verschrumpelten Hölzern, die Küche versinkt in dichtem Nebel aus Rauch und Fischgeruch. Er dringt in Haut, Haar und Kleidung. Nicht Mareike hat die Fischitis. Sondern ich. Ich reiße alle Fenster auf, dusche, wasche mir noch mal die Haare, schnüffle an mir wie ein Fährtenhund. Ein Glück, dass ich Simon erst morgen treffe. Ich lasse alles stehen und liegen, schnappe mir eine Packung Chips und verlasse fluchtartig die Wohnung.

In der U-Bahn bekomme ich ein Gespräch zwischen einem mir schräg gegenübersitzenden jungen Mann mit schulterlangem Haar, schwarzen engen Hosen und einem Mädchen mit fast kahl rasiertem Kopf und knöchellangem Rock mit. Sie sind wahrscheinlich um die zwanzig, reden ziemlich laut, sodass einige Fahrgäste hinhören. Ich schnappe ein paar Sätze auf, es klingt total interessant, hoffentlich bleiben die lange sitzen. Ich muss fast zehn Stationen bis zu Manuela fahren. Gerade sagt der mit den langen Haaren zu dem Mädchen: »Hast du gewusst, dass auch Marc schon seit längerem auf Drogen ist?«

»Waas!?«

»Sag mir bloß nicht, dass du es nicht irgendwie mitgekriegt hast! Der ist doch total drüber in letzter Zeit!«

»Ist er doch oft, oder?«

»Aber anders. Merkst du das nicht? Mal total gut drauf, dann wieder total daneben.«

Plötzlich verspüre ich Herzklopfen, langsam wird mir klar, weshalb. Die beiden scheinen indessen ganz vergessen zu haben, dass sie sich nicht allein in dem vollen U-Bahn-Abteil befinden. Ein paar Sätze hab ich verpasst, während ich meinen eigenen Gedanken nachhing.

»Brauchst doch nur in seine Augen zu schauen, hast du früher oft genug getan, Saskia, oder?« Er tappt ihr aufs Knie.

»Ist schon lange her …«

»Dann schau *jetzt* mal genau hin. Marcs Pupillen wirken oft groß wie schwarze Spiegeleier!«

»Ist ja total eklig!! Übertreib nicht immer, David!« Saskia schüttelt sich.

»Also, die sind manchmal unnatürlich groß, speziell wenn er die Nacht zuvor wieder mal durchgemacht hat. An bestimmten Tagen läuft bei den Typen, mit denen er seit neuestem rumzieht, irgendwas, was, weiß ich nicht. Hat mir seine Schwester gesagt, aber sie blickt da auch nicht durch.«

»Marc war schon immer komisch, deshalb ist mir wahrscheinlich nichts aufgefallen«, sagt Saskia.

»Manchmal merken es gerade die nicht, die jemandem am nächsten sind. Betriebsblindheit, schätze ich.«

»Du hast da den besseren Zugang, du warst ja selbst mal drin, vielleicht …«

»Ich versuch hin und wieder mit Marc zu reden. Er gibt nichts zu«, sagt David. »Und wenn einer, der kifft, nicht selber aufhören will, nützt es leider wenig.«

»Das heißt nicht, dass wir's nicht versuchen sollten, ich mein, ihn irgendwie weiter daraufhin anzusprechen, vorsichtig, oder?«

»Am besten wäre es, wir würden ihn mit Sebastian zusammenbringen, aber der ist total untergetaucht. Mich hat's echt gerissen, als ich den das letzte Mal gesehen hab!«

»Meinst du den Sebastian, der mit uns die Motorradtour nach Korsika gemacht hat?«

»Ja. Den. Erinnerst du dich? Der sah doch mal gut aus, ich meine, nicht übel jedenfalls. Als der auf nichts mehr abfuhr, hat er begonnen, sich Kokain aufs Zahnfleisch zu schmieren. Ich treff ihn also durch Zufall auf der Straße und dachte, mich haut's um, als der den Mund aufmacht. Der ist fast zahnlos wie ein altes Weib und das mit zweiundzwanzig! Der hat nicht mal mehr Geld für Zahnbehandlungen, weil er so keinen Job mehr kriegt!«

»Ist ja echt arg! Dabei hat er doch ständig seine Sprüche losgelassen: Mich erwischt's nie. Ich kann jederzeit aufhören, aber inzwischen verpasst ihr das Beste! Das war, nachdem ihn seine Freundin verlassen hat.«

»Ich hab auch mal geglaubt, dass ich stärker als die Droge bin. Glauben alle. Aber die frisst sich langsam in dein Hirn, in deinen Körper, du merkst es gar nicht, plötzlich genügt dir der normale Trip nicht. Dir fehlt der Kick und du brauchst immer mehr davon. Ich hab die Hölle durchgemacht. Wünsch ich keinem!«

Saskia sieht David an, streicht ihm über den Arm. Eine Weile sagen sie nichts, plötzlich fängt Saskia wieder an.

»Und was ist mit Marc?«

»Der hat seine Probleme daheim. Seit dem Unfall seines Bruders hat er sich total verändert. Keiner in der Familie wird so richtig damit fertig.«

»Sich zudröhnen bringt auch nichts, da bin ich mir sicher. Da verlierst du höchstens nach und nach den Bezug zur Realität. Und wieso ist Marc eigentlich gerade an diese Typen geraten?«

»Keine Ahnung. Jedenfalls giltst du bei denen nichts, wenn du nicht was nimmst.«

»Na hör mal. Da beweis ich mich doch anders. Wenn dich deine Freunde nur akzeptieren, weil du mittust, sind sie keine Freunde. Die lassen dich gleich wieder fallen, weil du angeblich langweilig bist. Aber langweilig sind sie selber, weil sie erst was brauchen um gut drauf zu sein!« Saskia spricht immer lauter, wirkt jetzt ziemlich aufgeregt.

»*Du* siehst das klar. Marc nicht. Er ist nicht du, verstehst du.«

»Meinst du, wir können irgendwas tun, David?«

»Ich denk, wir sollten ihm sagen, dass uns aufgefallen ist, dass er sich verändert hat. Ihn jedenfalls nicht fallen lassen. Vielleicht kann ich ihm vorschlagen, dass er mal mit jemand anderem reden sollte. Die Leute, die in den Drogenberatungsstellen sitzen, sind echt okay. Die kapieren, wovon du redest, sind oft selbst drin gesteckt, so wie ich. Und dann gibt's die Therapie, aber die ist manchmal der Anfang vom Ende. Da musst du durch, oder ...«

»He, du, apropos Ende!!« Saskia springt auf. »Wir müssen aussteigen!«

Ich haste ebenfalls vor, hüpfe in letzter Sekunde in der Station vom Zug auf den Bahnsteig. David und Saskia warten auf die nächste Bahn. Erstaunt blicke ich die beiden an, sie klopfen einander auf die Schulter, wirken mit einem Mal ganz anders, fröhlich, entspannt. Ich muss sie wohl ziemlich verdattert anstarren, jedenfalls kommt das Mädchen plötzlich auf mich zu, reicht mir lächelnd eine schwarze Postkarte mit weißer Schrift: Theatergruppe MINDWORK steht darauf und die Adresse.

»Das ist im Augenblick ein Projekt von uns«, erklärt Saskia mir. »David ist eigentlich Streetworker, aber er hilft uns. Wir arbeiten ähnlich wie das ›Theater des Unsichtbaren‹, so nennt sich eine Gruppe, die es schon länger gibt. Wir fahren in Zügen, in denen möglichst viele Leute sitzen, und reden laut über wichtige Themen: Aids, Drogen, Gewalt. Vielleicht tragen wir manchmal eine Spur zu dick auf. Aber einige jedenfalls kriegen was mit und denken vielleicht nach oder bekommen sogar Hilfe. Wir betreiben sozusagen indirekte Aufklärungsarbeit. Ist eine gelungene Aktion, glaub ich, findest du nicht?«

»Doch!«, sage ich noch immer verdutzt. »Und diesen ... Marc ... gibt es gar nicht?«

»Den nicht. Aber viele andere Marcs. Die Schicksale gibt es, darauf kommt es an, und die sind so arg, dass keiner jemals mit Drogen beginnen würde, wenn er wüsste, was auf ihn wartet. Nicht nach den ersten Malen, da merkt man fast nichts, aber ganz langsam passiert was mit dir, genau wie David gesagt hat. Kaputt bist du schnell und dann schert sich meistens keiner mehr um dich!«

Ich denke an Simon und bekomme Angst.

Als ich bei Manuela anläute, antwortet mir eine Stimme durch die Sprechanlage, die ich zu kennen glaube. Das ist doch wohl kaum möglich, dass *der* da ist! Mister »Kaum-möglich« öffnet mir jedoch die Tür und grinst verlegen. Es ist Mario.

»Hallo, Ines. Du hast mich zwar nicht zurückgerufen, aber ich schätze, du wusstest, dass ich hier sein würde.« Er weiß genau, dass ich total überrascht bin, denn er gehört weder zu Thorstens noch zu unserer Clique. Er klettet. Das mag ich nicht. Andererseits gefällt es mir, er bemüht sich um mich, und ich frage mich, wie er herausgefunden hat, dass ich heute bei Manuela sein werde. Als ich ins Wohnzimmer trete, sehe ich, dass die anderen bereits länger da sind, überall stehen halb leere Gläser rum und Teller mit Essensresten. Lisa sieht mich erwartungsvoll an, ob Dieter vielleicht hinter mir wie eine Fata Morgana auftauchen würde. Ich tue, als bemerkte ich ihre stumme Frage nicht, und setze mich neben Oliver, der mich wie üblich mit einem Witz empfängt, den ich wie üblich nicht verstehe. Alle lachen und ich verschwinde in die Küche, weil der Hunger in meinen Eingeweiden nagt. Manuela kommt mir nach, öffnet das Backrohr und zaubert eine noch warme Pizza hervor.

»Die war für Lisa, aber sie hat sich den Magen verdorben, willst du sie? Wir dachten schon, du kommst nicht mehr.«

»Und was hättet ihr gemacht, wenn ich nicht aufgetaucht wäre?«

Ich hänge an ihren Lippen, spür die kleine dumme Furcht, übersehen zu werden.

»Ich hätte eine Fahndung nach dir ausgerufen und Mario damit beauftragt.« Manuela lacht. Es hätte mich also keiner gesucht.

»Weshalb gerade Mario?«, frage ich spitz.

»Merkst du denn nichts?« Sie senkt die Stimme. »Der wächst doch glatt zwei Zentimeter, wenn er dich sieht.«

»Ist mir nicht aufgefallen«, sage ich gleichgültig. »Und wieso ist er da?«

»Er hat Sandra angerufen, die weiß doch immer, was so läuft. Sie hat ihn übrigens gefragt, ob er mit dir geht!«

»So eine Frechheit, nur weil sie uns einmal zusammen gesehen hat. Und was hat er geantwortet?«

»Weiß ich nicht. Jedenfalls hat sie irgendwie rausgekriegt, dass du heute hier bist, und es ihm erzählt. Ich kann ihm doch nicht sagen: Du kannst leider nicht kommen, wir sind schon vollzählig, unsere Wohnung hat nur Platz für fünf!«

Wortlos schneide ich riesige Bissen aus der Pizza, erstick mit dem warmen duftenden Teig meine aufkeimende Wut.

»Ich dachte, du bist auf Diät.« Manuela staunt über meinen Appetit.

»Ich hab seit Tagen nichts Ordentliches gegessen und heute wäre beinahe die halbe Küche abgebrannt.«

»Dann passt du zu meiner Schwester, die braucht eine Stunde um ein Kilo Kartoffeln zu schälen. Dafür lobt meine Mutter sie auch noch, weil Katia mit Küche so viel zu tun hat wie ein Kanarienvogel mit einem Schnellkochtopf.«

»Warum soll's dir besser gehen als mir? Anika ist das größte Faultier, ich schufte und sie kriegt das Lob!«

»Jedenfalls darfst du mal ganz allein sein, find ich toll. Würden mir meine Eltern nicht erlauben. Seit ich fünf Jahre alt bin, heißt es andauernd, zieh dich warm an, pass auf, wo du hingehst, trink nicht dies oder das, hast du auch Geld mit, warst du am Klo und was weiß ich was alles. Und später heißt es dann: Werd auch mal selbständig!«

In diesem Augenblick kommt Mario in die Küche, setzt sich neben mich.

»Wir haben ausgemacht, dass wir zum Teich fahren, dort ist es nicht so heiß. Wer Lust hat, kann schwimmen.«

»Ich hab keine Schwimmsachen mit«, sage ich.

»Ich auch nicht«, sagt Mario. »Ich geh oben und unten ohne!«

»Ich kann dir was borgen«, sagt Manuela zu mir. »Außer mein Bikini ist dir zu klein, fürcht ich fast!«

Der Satz verdirbt mir den Appetit. Ich schiebe den Teller mit dem Pizzarest von mir, selbst wenn mein Hinterteil deshalb noch lange nicht in Größe 38 passt.

Oliver hat sogar eine Gitarre mit und Thorsten die Sporttasche mit seinem Fotoapparat und dazu noch eine ganze Menge Bierdosen. Als wir uns an einem stillen Platz im hohen Gras auf Handtüchern niederlassen, legt sich Mario neben mich.

»Du kannst doch wenigstens dein T-Shirt ausziehen«, sagt er leise, während wir auf dem Bauch liegen. Auch Lisa hat keine Badesachen mit, aber ich traue meinen Augen nicht, sie zieht ihr dünnes Trägerleibchen über den Kopf und sitzt mit dem kleinen spitzen Busen da wie eine vergessene Nixe.

»Ich zieh mich nicht aus!«, sage ich wütend zu Mario.

»Aber ein BH ist doch fast wie ein Bikinioberteil, was macht das schon?«

»Dass es ein BH ist und *kein* Bikini! Oder gehst du vielleicht in Unterhosen statt in Shorts in die Schule, nur weil beide kurz sind?«

Mario lacht. Er liegt so dicht an mir, dass sein Unterarm bei jeder kleinsten Bewegung meinen berührt. Meine Härchen stellen sich auf und ich ärgere mich, weil Mario es wieder bemerkt. Ich würde ihn gerne wegschubsen, aber wir haben ein Handtuch zu wenig mitgenommen und liegen bei der Hitze alle viel zu eng nebeneinander. Manuela und Thorsten schmusen bereits, genau wie ich es mir gedacht habe. Oliver zupft auf seiner Gitarre und macht uns noch schläfriger, als wir schon sind, während Lisa über den Teich starrt und bestimmt an Dieter denkt. Ihre Nippel sind total aufgerichtet, vielleicht kommt es auch vom Wind. Mario reißt kurze, weiche Gräser aus und lässt eine Hand voll auf meinen Kopf regnen, einige gleiten über Augen und Nase, bleiben auf meinem Mund kleben. Er zupft sie von meinen Lippen und schaut mir in die Augen, so tief, so ernst, dass ich heiß wie die Sonne werde. Ich sehe weg und Mario holt dafür Lisa aus ihrem Wachtraum: »Fährst du im Sommer wohin?«

»Ja, nach Antalya, an die türkische Riviera«, antwortet sie.

Manuela erinnert sich, dass es hier noch andere Lebewesen außer Thorsten und ihr gibt, und dreht sich zu uns um. »Dort ist echt viel los!«, sagt sie. »Wir waren letztes Jahr dort. Diesmal fahren wir nach Mallorca. Thorsten übrigens auch.«

»Rein durch Zufall«, sagt Thorsten und kneift sie in den Arm. »Aber wir wohnen in einem anderen Hotel. Nachts muss ich mir einen Schleichweg suchen!«, fügt er hinzu.

So weit sind die also bereits. Manuela ist bloß ein halbes Jahr älter als ich, aber sie hat »es« schon getan.

Ich nicht. Wie soll ich jemals einen Jungen finden, den ich so liebe, dass ich mit ihm schlafen will? Und er mit mir? Hätte ich fast vergessen. Beide müssen es wollen und ich bin nur die eine Hälfte. Und Simon? Wieso scheint es mir plötzlich so unmöglich, so aussichtslos, dass wir je wieder zusammenkommen?

»Du machst ein Gesicht, als hätte dir jemand was weggeschnappt!«, sagt Mario plötzlich.

»Ist auch so!« Trotzig entschlossen stehe ich auf. Ich habe genug davon, hier rumzuliegen, stapfe bloßfüßig zum Teich, steige hinein, das Wasser umspült meine Füße und den Rand meiner Jeans, dunkel ist er jetzt und wellig. Mario kommt mir nach, rennt jedoch dicht an mir vorbei mit voller Kraft ins Wasser, dass es von allen Seiten hochspritzt, wirft sich mit weit vorschnellenden Armen hinein, krault mit unglaublichem Tempo der Teichmitte zu. Auch die anderen begeben sich ins Wasser, sogar Lisa schwimmt in ihren Shorts und nacktem Oberkörper. Ich stehe da wie im Schlamm verwurzelt, eine Alge, die sich im Wind bewegt und sich nicht lösen kann.

Mit Simon war ich öfter nackt schwimmen. Immer allein, ohne Zuseher, nicht weit von dieser Stelle. Er hielt mich im Wasser fest, ich hatte meine Beine um seine Taille geschlungen, fühlte mich fast schwerelos. Wir küssten uns verspielt und ineinander geborgen ...

Plötzlich möchte ich Luft, Wasser und Sonne auf meiner Haut spüren, splitternackt, mit ausgebreiteten Armen den Tag empfangen, aber auch jemanden, den ich lieb haben kann. Als mich zwei fremde Arme umfassen, nass und fest, schreie ich kreischend auf, mach mich wütend los, schnelle herum.

»Ich bin das Monster von Loch Ness!«, ruft Mario mit abgrundtiefer Stimme und lacht. An seinen Wimpern hängen Wassertropfen, seine Zähne blitzen weiß im grellen Sonnenlicht. Er hat einen kräftigen schönen Oberkörper, seine Boxershorts kleben ihm klatschnass auf den Schenkeln und um sein Geschlecht.

»Wie bist du so schnell zurückgeschwommen?«, frage ich verwirrt.

»Als die vier reingegangen sind und du abgelenkt warst, bin ich heimlich zurückgetaucht. Ich kann ziemlich lange unter Wasser bleiben.«

Die Situation erinnert mich wieder an den Workshop am letzten Schultag. Auch jetzt entfernen sich die Stimmen der anderen immer mehr, ihr Lachen, ihre Schreie vermengen sich mit dem Wind, der um meine Ohren braust. Mario stubst mich wie damals mit seiner kalten Nase an, reibt sie an meiner, küsst sie blitzkurz, berührt mich mit seinem nassen Oberkörper. Er gleicht einem triefenden Frosch und ich schüttle mich, doch er hält mein Gesicht mit seinen teichkalten Fingern fest, lacht mit den Augen, fängt mich ein. Gut sind die, wollen nichts als ... Langsam werde ich ruhig, weiche Mario nicht mehr aus, der Druck seiner Hände auf meinen Wangen lässt nach, er greift nach meinen Fingern, hält sie ganz locker, flüstert an meinem Hals: »Ich mag dich ganz arg, weißt du das?«

Was soll ich jetzt bloß sagen? Ich lächle Mario an und ziehe mich gleichzeitig zurück, das ist mir zu viel. Ich sehe in Mario einen guten Freund, wenn auch nicht nur. Spür auch den Jungen, der mich nachts im Traum küsst und der mich nicht kalt lässt. Doch ihn jetzt berühren, aus einer Laune heraus, nur für diesen Augenblick, und ihn dann stehen lassen, das möchte ich nicht. Mit ihm spielen, nur jetzt, weil es so wunderschön an diesem Wasser ist und inmitten der Freiheit, die mir hier und und noch drei Tage gehört, das wäre unfair. Erschreckend deutlich erfahre ich, wie Simon vielleicht mir gegenüber manchmal fühlen mag, ein Schaukelspiel wie eine Wippe, zwischen Kumpel und Freundin. Einmal oben, einmal unten. Selten im Gleichgewicht.

»Du ... ich kann nicht«, sage ich so behutsam wie möglich.

»Was kannst du nicht? Ich will doch gar nichts von dir. Nicht jetzt zumindest!« Mario lacht und seine Zähne fallen mir schon wieder auf.

»Ich meine, ich ...«

»Du empfindest nichts für mich«, ergänzt Mario. »Das nehm ich dir nicht ganz ab.«

Er ist so bestimmt. Und er hat Recht. Es überrascht mich, dass er es auszusprechen wagt. Es ist etwas zwischen uns, es vibriert in der Luft, aber ich lass es davonfliegen, ich will es nicht, auf keinen Fall, solange ich nicht mit Simon geredet habe. Mario deutet mein Schweigen als Bestätigung.

»Denk nach«, sagt er.

»Worüber?«, frage ich und weiß doch, was er meint.

»Über den Sturzflug der Enten!«, sagt Mario verblüffend wie so oft und zeigt auf ein gefiedertes Exemplar, das soeben dicht über den Teich flitzt, auf der Jagd nach seiner Braut.

»Der weiß auch, was er will«, erklärt Mario.

»Und wenn *sie* aber nicht will, was dann?«, frage ich andeutungsweise.

»Dann wird er es immer wieder versuchen.« Mario bückt sich, pflückt eine Margerite zwischen den starken hohen Gräsern, beginnt Blütenblatt für Blütenblatt abzureißen, während wir uns in Bewegung setzen, dicht nebeneinander gehen und ich ihm zusehe. Ganz plötzlich erfasst mich ein Schauer, denn die Blüten verwandeln sich in kleine weiße Schmetterlingsflügel, die ins Gras segeln, einer nach dem anderen, er reißt sie alle auseinander, lautlos. Schmetterlinge schreien nicht. Als nur mehr eine Blüte übrig bleibt, fragt er: »Und was meinst du, bedeutet diese letzte, wo bin ich beim Zählen gelandet, bei ›sie liebt mich‹ oder ›sie liebt mich nicht‹?« Er sieht mich erwartungsvoll und mit einem eigenartigen Lächeln an und ich tauch schon wieder ein in diesen Blick, vergesse, dass Mario kleiner ist als ich, vergesse, dass er der ist, der gehänselt und geschlagen wurde. Ein ganz anderer ist Mario. Viel größer als ich.

»Ich weiß nicht«, sage ich jedoch, weil ich nicht wage, dieses »sie liebt mich nicht« auszusprechen, ihm »durch die Blume« zu sagen, dass nichts aus uns wird. Nicht jetzt. Nicht heute.

»Aber ich weiß es«, sagt Mario und blickt mich lange an, sodass ich diesmal nicht wegschauen kann. Ich bin ziemlich durcheinander und froh, als die Freunde aus dem Wasser zurückkehren und Manuela mich fragt, ob ich mit ihr am Ufer entlanggehen will. Während Lisa, Oliver und Thorsten kurz darauf bereits regungslos wie Mumien unter der Sonne liegen und sich bräunen. Ich sehe, wie Mario sich zu ihnen legt, ein Buch aus seinem Rucksack nimmt und zu lesen beginnt.

»Morgen treffe ich Simon«, sage ich nach einer Weile, während ich mit Manuela durchs Gras stapfe, und erzähle ihr von dem, was mich seit Monaten belastet. »Ich muss mit ihm reden, weißt du, so geht es nicht mehr.«

»Wird bestimmt nicht leicht für dich. Diese Mareike lässt nicht die Finger von ihm, und so wie es jetzt für dich ist, würd ich's an deiner Stelle auch nicht aushalten. Hast du ihn inzwischen gesehen, ich mein, du wohnst doch jetzt allein.«

»Es klingt verrückt, aber ich hab ihn erst einmal am Telefon gesprochen. Jeden Tag war was anderes.«

»Ich hätte das schon ausgenützt, wenn Mareike nicht da ist!«

»Du bist anders als ich, Manuela. Du hast ja auch Alex stehen lassen und dich mit Thorsten zusammengetan. Das ging ziemlich schnell.«

»Das glaubst du aber auch nur. Du weißt ja nicht, was sich vorher abgespielt hat. Alex hat behauptet, ich hätte ihn zweimal betrogen und mir eine riesige Szene gemacht. Also der ist total ausgezuckt, nur weil er mich einmal mit einem anderen Jungen im Kino gesehen hat.«

»Hast du ihn denn betrogen?«

Manuela grinst. »Nicht so richtig.«

»Was heißt das nun? Gibt's da Messungen? Ich meine, wo beginnt bei dir der Treuebruch?«

»Na ja ... also ... wir haben ein bisschen rumgemacht, er ist wirklich ein umwerfender Typ, aber es war nichts dahinter, verstehst du? Solange kein Gefühl mit im Spiel ist, zählt es doch nicht wirklich, oder?«

»Doch. Finde ich schon. Du kannst doch nicht die Gefühle an den Nagel hängen und sie dir wieder umlegen, wenn's dir passt? Was soll da der andere mit seinen Gefühlen machen, während du deinen Spaß hast?«

»Der muss es ja nicht unbedingt erfahren, oder? Aber Alex hat es von jemandem gehört, der es ihm brühwarm erzählt und dabei garantiert mächtig aufgedreht hat. Na, das war's dann!«

»So einfach sagst du das?«

»Was heißt da einfach? Einfach war gar nichts, es war der totale Horror, aber Alex hat mich schon länger mit seinem Machogehabe genervt! Der rastet wegen jeder Kleinigkeit aus!«

»Und wer ist der, um den es geht?«

»Sag ich dir nicht, sonst kennst du wieder einen, der einen kennt, der ihn über zehn Ecken kennt und der kennt womöglich Thorsten. Und den will ich behalten. Für eine Weile jedenfalls!«

Manuela erstaunt mich immer wieder. Für sie scheinen Jungs eine mathematische Angelegenheit zu sein. Sie addiert ihre Eroberungen, zieht ab, was ihr nicht gefällt, multipliziert, was ihr gut tut, ordnet zu und kommt irgendwie auf ihre Rechnung.

Da kann ich nicht mithalten. Möchte ich auch nicht.

Hannah, meine beste Freundin, denkt genau wie ich. Schade, dass sie nicht da ist. Sie hätte mir vielleicht ein paar Tipps für morgen geben können.

Langsam wird uns kühl, kleine Wellen überziehen die Wasseroberfläche, Wind kommt auf und Lisa rennt schreiend ihrem dünnen Trägerleibchen nach, das er soeben in Richtung Teich weht. Als in der Ferne die untergehende Sonne wie ein riesiger leuchtender Apfel aussieht, der in Zeitlupe den Himmel hinunterrutscht, packen wir unsere Sachen zusammen und beschließen gemeinsam in die Stadt zu fahren. Thorsten kippt die letzte Bierdose und erinnert uns, dass er seinen Fotoapparat mithat. »He! Stellt euch zusammen. Damit ich euch nächstes Schuljahr wieder erkenne.«

In der Stadt ist schon jede Menge los, der Eissalon, auf den wir zusteuern, von Jugendlichen überfüllt.

»Kommst du ins Kino mit?«, fragt Manuela plötzlich.

Ich spüre, wie Mario mich ansieht. Um nicht wieder allein zu Hause zu sitzen, willige ich ein. Oliver hat etwas vor und will seine Gitarre nicht den ganzen Abend rumtragen. Ich merke, dass Lisa sich mit uns nicht so wohl fühlt, sie gibt vor, dass sie angeblich zum Abendessen zu Hause sein muss. *Sie* ist das fünfte Rad am Wagen. Nicht ich.

Im Kino sitzt Mario neben mir, und dass wir nun zu viert sind, schafft eine verfängliche Situation. Irgendwie bilden wir ein Paar, genau wie Manuela und Thorsten, obwohl wir keines sind. Wenigstens muss ich nicht an morgen denken, denn der Film ist spannend, ein Psychothriller, jene Art

Film, die ich eigentlich nicht leiden kann. Mit Mario neben mir kann ich jedoch auch die harten Szenen durchhalten ohne wegzuschauen, meine Hand liegt in seiner, und wenn Blut fließt, kneife ich ihn. Mario riecht nach Teich und sauberer Kleidung, während Manuelas Parfum mich fast erstickt. Thorsten scheint mit dem Atmen keine Schwierigkeiten zu haben, er küsst Manuela den Film durch, als wäre er am Ertrinken. Jedenfalls klebt sein Mund immer dann auf ihrem, wenn ich gerade verstohlen hinsehe. Mario unternimmt hingegen nichts. Nicht einmal den Versuch. Fast bin ich enttäuscht. Trotzdem ist er spürbar da, seine Nähe aufregend und beruhigend zugleich.

»Wenn du willst, fahr ich ein Stück mit dir und begleit dich zu deinem Haus«, sagt Mario nach dem Film.

»Nein danke, du, das geht schon in Ordnung. Es ist ja noch nicht so spät.« Ich fürchte, dass Mario doch noch auf andere Gedanken kommen könnte, wenn ihm klar wird, dass ich im Augenblick allein wohne. Doch mir fällt so schnell keine Ausrede ein. Manuela und Thorsten sind bereits unterwegs und froh, endlich für sich zu sein. Für die beiden ist alles einfach.

»Wenn es für dich nicht spät ist, können wir ja auch noch wohin gehen, in die Disco zum Beispiel«, schlägt Mario vor.

»Ehrlich gesagt bin ich müde, die Sonne und der Film ...«

Mario rührt sich nicht von der Stelle, wartet ab. Versteht er denn nicht?

»Dann geh ich eben allein in die Disco«, sagt er plötzlich.

»Okay. Mach's gut!« Das klingt nicht gerade überwältigend nach diesem schönen Tag.

»Ist das alles?«, fragt Mario herausfordernd. Jetzt klettet er wieder. Jetzt mag ich ihn nicht. Aber weil es heute trotzdem irgendwie besonders war, drück ich ihm einen Kuss auf die Wange, einen richtigen, vollen. Er gibt mir einen noch dickeren festen Kuss zurück, gräbt ein Kussloch in meine Wange, streift auch meinen Mund. Bestimmt hab ich jetzt einen Abdruck von seinen Lippen. Ich spüre ihn noch, als ich die Wohnungstür aufschließe, mich aufs Sofa fallen lasse und den Fernseher einschalte. Ich spüre ihn auch noch, als ich mich um Mitternacht entschließe mich zum Spaß zu schminken. Richtig, wie für einen Superabend in der heißesten Disco. Was hatte Simon einmal über Schminke gesagt? Wenn es einer steht, ist es gut. Mir steht es. Nicht nur Mareike! Die sieht manchmal um die Augen wie ein Koala aus. Ich aber finde mich toll. Eine ganz neue Ines. Mit einem neuen Gefühl. Denn ich spür den Abdruck von Marios Kuss auch noch, als ich mir das Gesicht wasche, weil sich das Gefühl von dem Kuss nicht wegwaschen lässt.

Und ich mag es.

Heute bekommt mein Tagebuchblatt leuchtende durchsichtige Farben: Apfelgelb und Wasserblau und Margeritenweiß. Mittendrin ein Schmetterling, leicht wie ein Hauch.

An Simon habe ich seit Nachmittag kein einziges Mal gedacht.

Drei Tage geb ich ihm.
Dann ist es aus.
Oder es fängt erst richtig an.

Freitag

Es ist gut, aufzuwachen. Ich strecke und dehne mich wie eine zufriedene Katze, fahre mir mit den Händen über das Gesicht, über die Wange, auf der diesmal ein wirklicher Kuss gelandet ist und kein Traum und keine Mücke. Ich sehe Marios Augen vor mir, seine Zähne, spür die Nähe an meinem Arm, als wir zusammen auf dem Handtuch gelegen sind und die Härchen mich verraten haben. Hautsprache. Körpersprache. Was sagt sie über meine Gedanken? Manchmal mehr, als ich selbst weiß.

Ich springe aus dem Bett und verschwinde im Bad. Keiner, der anklopft, wieso ich schon wieder so lange brauche, ich kann den ganzen Tag hier drin bleiben, alle Düfte verwenden, Mamas Parfums und teure Cremes und Badesalze. Ich lasse Wasser in die Wanne fließen, schalte das Radio und alle Lichter ein, hol mir den Rest meiner Schokolade und breite die Stückchen am Wannenrand aus, vorsichtig, damit sie nicht nass werden, gleite in den Glitzerschaum, den Busen verführerisch gerade noch bedeckt, die Arme lässig über den Wannenrand. Ich bin ein Filmstar.

Als das Telefon läutet und Mama dran ist, schrumpfe ich innerhalb von Sekunden wieder zur kleinen Ines. Mama will wissen, ob ich bei der Hitze auch ordentlich trinke, ob ich lüfte, ob ich esse, ob Anika anruft und ob ich was brauche. Sie erwartet, dass ich mich freue, dass sie in zwei Tagen wieder da sind. Ich sage ja, beobachte, wie über meine große Zehe mühsam ein winziger Marienkäfer kriecht. Über den freue ich mich wirklich. Er bringt Glück. Ich zähle seine Punkte: Hat er zumindest vier, geht es gut mit Simon. Als ich bei Nummer drei bin fliegt der Maikäfer davon und an den weißen Vorhang. Ein bisschen Unterstützung für meine Aussprache mit Simon könnte ich gut gebrauchen, denn Anikas Leitsatz: Alles ist möglich, wenn du nur dran glaubst, ist mir zu wenig. Im Augenblick glaube ich bloß, dass das Wasser in der Wanne langsam kalt wird. Als ich mich genussvoll mit dem größten und weichsten Badetuch abtrockne, dufte ich so umwerfend gut, dass ich mir wünschte, Simon wäre neben mir. Vor mir. Um mich. An mir. In hundert prickelnden Variationen. Ich könnte ihn zurückduften, zurückzaubern, er liebt meinen Körper, das Runde, das er umfassen kann, liebt das, was er riecht, was er fühlt. Und doch ist er weiter mit Mareike.

Ich bin ein Teddy. Nichts als ein Kuschel-Duft-Teddy.

Vielleicht sehe ich mir, bevor ich Simon um zwei treffe, eine Fotoausstellung an, da sich in der Nähe des Schwimmbades eine kleine Galerie befindet. Papa hat mir erzählt, die Schwarzweiß-Bilder der Künstler zeigten interessante Szenen vom New Yorker Leben in den Außenbezirken, ein ganz anderes New York mit ungewöhnlichen Einblicken und Gesichtern. Papa selbst lichtet interessante Türen und alte Tore ab, solche, die nur einen Spalt offen stehen, andere, die für immer verschlossen scheinen und hinter denen man eine Geschichte erraten kann. Am schönsten sind jene Fotos für mich, die eine Sicht auf einen stillen Garten freigeben, einen einsamen Weg, oder direkt in den Himmel weisen. Es sind eindrucksvolle, poetische Bilder, so wie keiner sie macht.

Jens, mein Superbruder, möchte auch Fotograf werden, aber nur mit Fotoshopketten in allen Hauptstädten Europas und in Hongkong und Sidney. Ihn interessiert das Geld, nicht die Kunst, und Papa sagt: Aus dem wird einmal etwas!

Und aus mir?

Ich habe jetzt Lust, mein Buch zu lesen, und strecke mich genüsslich auf dem Teppich zwischen meinen Zeichnungen aus. Keiner, der mir erzählt, dass ich erst aufräumen sollte und dass hier das Licht nicht hell genug für meine Augen ist, keiner der mich daran erinnert, dass ich die ganze Woche meine Zahnspange nicht getragen habe und dass ich in den Ferien nicht vergessen soll, auch zu lernen. Schließlich habe ich eine Nachprüfung in Englisch. Aber mir gefällt diese Sprache nicht, sie klingt total hässlich. Vieles gefällt mir nicht. Auch nicht, dass mich schon wieder jemand stört. Es läutet an der Tür, und als ich durch das Guckloch blicke, traue ich meinen Augen nicht. Ich öffne mit ungutem Gefühl.

»Ich bin vorbeigekommen, weil ich gerade nach der Taxi-Nachtschicht bin. Ich hau mich gleich ins Bett«, sagt Christian.

»Aber doch nicht bei mir, oder?«, frage ich erschrocken.

»Wenn du mir dein Bett anbietest – sofort!«

»Tu ich aber nicht. Wieso kommst du hierher?«

»Weil ich nachsehen soll, ob alles in der Wohnung meiner Großmutter in Ordnung ist, und die mickrigen Pflanzen gießen. Könntest eigentlich du machen! Ich hab für heut genug geschuftet!«

»Ist sie meine oder deine Großmutter?«

»Sie ist jedenfalls *deine* Nachbarin. Noch nie was von Nachbarschaftshilfe gehört? Ich bin todmüde, hab heute lauter Kakerlaken chauffiert. Einer hat mir das halbe Auto voll gekotzt.«

»Igitt!« Ich trete einen Schritt zurück.

»Dafür duftest du umso besser.« Christian steckt seine Nase in mein Haar und ich stoße ihn unsanft fort.

»Glaubst du, ich riech dir was weg? Bist du vielleicht unfreundlich!!«

»Möglich. Ich war gerade dabei, was zu machen.«

»Ich stör dich nicht.«

»Du hast mich schon gestört!« Ich versuche ein Lächeln um meine Aussage zu mildern, denn Christians Miene verdüstert sich zusehends. Plötzlich sieht er aus, als hätte er einen Toleranzquotienten von minus achtzig. Wer weiß, auf was für Ideen der kommt, geheuer ist er mir nicht und im

Haus bin ich so ziemlich allein. Irgendetwas warnt mich schon wieder tief in mir drinnen, an einer geheimen Sendestelle. Dass Frau Petzold nett ist, sagt nichts über Christian aus. Der kann nachher alles abstreiten, behauptet sogar, ich hätte ihn dazu aufgefordert, gibt am Ende noch mir die Schuld. Erschrocken stelle ich fest, dass ich zu viele Filme sehe, zu viele Zeitschriften mit dummen Artikeln lese.

Christian lässt sich ungeniert auf das Sofa fallen. »Gibt's hier was Kaltes?«

»Ja, den Kühlschrank!«

»Du bist wirklich witzig!« Christian steht wieder auf, kommt auf mich zu, die Arme ausgestreckt, als wollte er mich umarmen, greift ins Leere. »Warum weichst du mir aus? Zugegeben, ich riech nicht so gut wie du, aber normalerweise stellen sich die Mädchen reihenweise bei mir an!« Er lacht, als wäre es ein Witz. Aber er meint es ernst und ich finde ihn zum Kotzen. Widerwillig bringe ich ihm ein kaltes Glas Wasser.

»Gibt's hier nichts Besseres, bist du im Gefängnis?«

»Das hier ist keine Bar und ich geh nicht für so was einkaufen.«

»Scheinst auch sonst genügsam zu sein«, sagt Christian mit einem zweideutigen Grinsen. Er zieht mich zu sich aufs Sofa und ich schnelle augenblicklich wieder hoch.

»Ich muss bald gehen«, sage ich, »ich treff meinen Freund.«

»Ah, du hast also einen Freund. Dann versteh ich.« Christian wirkt mit einem Schlag uninteressiert, trinkt das Wasser in einem Zug aus. Dabei fällt sein Blick auf meine am Boden liegenden Zeichnungen und Malereien.

»Nicht mal so schlecht«, sagt er.

Ich brauch sein Urteil nicht, werde trotzdem rot, weil es meine geheimsten Bilder sind, zum Glück kann er sie nicht entziffern.

»Ne Menge Schmetterlinge hier. Echt romantisch. Aber dem da fehlen die Flügel, oder? Hat er wohl schon im Nirwana gelassen oder ist das ein Krüppelinsekt?« Er deutet auf den kaputten Schmetterling, dem ich auf einem anderen versteckten Blatt wunderschöne Flügel hinzugezeichnet habe. Große, mit denen er jedem davonfliegen kann.

Ich antworte nicht.

»He, ich hab dich was gefragt!«

Da schreie ich ihn an.

»Ich brauch deine Kommentare nicht, okay? Das ist kein Schmetterling, das ist gar nichts!«

»So sieht's auch aus«, sagt Christian kalt, steht auf, stellt das Wasserglas mit einem Knall auf dem Tisch ab.

Frau Petzold sagte, er sei ganz in Ordnung, ich sage, er ist total daneben. Bevor er beschließt zu gehen, zieht er wieder einen Flyer aus der Hosentasche, lässt ihn auf meine Zeichnungen segeln. »Wenn du schon keine Lust auf mich hast, vielleicht auf meine Musik«, sagt er. Schlurft zur Eingangstür, die zum Glück auch eine Ausgangstür ist. Sie fällt ins Schloss und ich atme auf.

Als ich vor den Bildern in der Galerie stehe, denke ich fast dauernd an Simon. Nehme die abgelichteten Straßen, die Gesichter nur an der Oberfläche wahr, gerade genug, dass ich Papa von der Ausstellung erzählen kann. Ich spüre mein Herz klopfen und versuche ruhig zu werden, merke erst nach Minuten, dass ich eine weiße Wand anstarre, auf der kein Bild hängt. Ich sehe auf die Uhr, noch eine Viertelstunde, dann treffe ich ihn – Simon –, den ich Tausende Male zuvor getroffen habe, der mir so unendlich vertraut ist. Aber heute ist ein Schnittpunkt, heute will ich etwas von ihm, heute trenne ich mich vielleicht für immer oder wir finden wieder zueinander, näher denn je.

Simon wartet bereits vor dem Badeingang, er sieht wunderbar aus, wirkt schlanker als sonst, lehnt lässig an der dunklen Bretterwand neben dem Tor. Ohne Mareike in der Nähe zu wissen, ist es ein ganz neues, befreiendes Gefühl, ihm zu begegnen. Er wartet, bis ich dicht vor ihm stehe, küsst mich leicht auf den Mund, lacht mich an, unsere Kinderjahre sind wieder da und unsere Zeit danach, geballt in diesem einen kurzen starken Augenblick des Wiedersehens. Auch Simon empfindet unser Treffen heute anders als sonst, wenn Mareike in der Stadt ist, das spüre ich. Er legt den Arm um mich, prickelnde Vertrautheit, wir spazieren durch das Tor, stehen gemeinsam vor der Kassa.

»Eine Kabine, bitte«, sagt Simon zu der Frau dahinter.

»Wieso eine Kabine, wieso nicht Kästchen?«, frage ich ziemlich erstaunt.

Er blickt mich lachend an, schiebt den Geldschein durch die Glasöffnung. »Ich hab uns soeben eine Mini-Villa mit Swimmingpool gemietet!!« Er deutet auf das riesige Bassin und ich weiß nicht, was ich von seiner Idee halten soll. Irgendwie fühle ich mich in die Enge getrieben, etwas gefällt mir nicht, macht mich von vornherein unfähig zu reden, so wie ich mit Simon reden möchte. Ernsthaft.

»Geh du zuerst rein«, sage ich, als wir vor dem abseits gelegenen Kabinentrakt und unserer Nummer stehen. Hier erreichen uns die Stimmen der Badegäste, das Lachen und Kreischen, das Kindergeschrei und das Aufschlagen der Menschen, die vom Trampolin ins Wasser springen, nur gedämpft.

»Also so klein ist unsere Villa auch wieder nicht. Wir haben beide Platz!«, sagt Simon.

Trotzdem versuche ich die Kabine erst einmal für mich allein zu haben, öffne die Tür nur einen Spalt, zwänge mich flink hinein, Simon reißt sie jedoch hinter mir auf, ist schon drinnen, schließt sie zu. Ich stehe da wie überrumpelt, von einem besonderen Tag eingeholt, in einer ähnlichen Kabine, es war knapp vor meinem vierzehnten Geburtstag, genau in diesem Bad. Simons Hände hatten mich langsam ausgezogen und meine ihn, die Enge, das Feuchtwarme, das Erddunkle des schmalen Raumes hatte eine ganz neue Atmosphäre um uns geschaffen. Die Hitze entwich aus den alten Holzbrettern, umfing uns. Niemand konnte uns sehen, keiner vermochte uns zu hören, denn wir sprachen kein Wort. Wir sahen uns an, während unsere Hände weiter ihren Weg erspürten, kamen uns nahe, unsere glitschigen Körper glitten aneinander, zwei lebendige Fische, den Sauerstoff schenkten wir uns mit unseren Küssen. Doch plötzlich musste ich niesen, ein gewaltiger Schrei, der die Stille zersprengte, und wir lachten beide los. Der Zauber war vorbei.

Auch jetzt können wir der atmenden Enge nicht entfliehen, doch diesmal fordert sie etwas von mir, fordert mich auf, anders zu handeln, nicht so schnell in diese erregende Umarmung zu fallen, nicht von vornherein eine Richtung einzuschlagen, aus der ich nicht mehr zurückkann. In die Realität des Alltags nämlich, um dieses entscheidende Gespräch mit Simon zu führen.

»Ich hab eine neue Narbe«, sagt Simon plötzlich. »Willst du sie sehen?«

»Wo ist sie?«, frage ich, spüre die Spannung, das alte Spiel, das geheimnisvolle, aufsteigen, das uns Jahre verbunden hat.

Simon zieht sein Hemd aus, öffnet die Hose, lässt sie über die Beine gleiten, zeigt an eine Stelle an seinem Innenschenkel.

»Hab ich mir beim Segeln zugezogen, willst du wissen, wie?«

»Ja«, sage ich und ahne, dass es mehr wird als eine Geschichte, und Simon beginnt auch schon zu erzählen. Flüsternde Worte, unter denen er mich streichelt. Es ist alles gut zwischen uns, sagen die Hände. Immer heftiger werden sie in ihren Berührungen, ich bin wieder sein Mädchen und ich kämpfe mit mir.

»Warum tust du das?«, frage ich Simon und mir bleibt fast die Stimme weg. Ich lass es geschehen und er schiebt meinen T-Shirt-Träger über die Schulter, zärtlich, erst den linken, dann den rechten, ähnlich wie damals, entkleidet mich.

»Ist es nicht schön, es war doch einmal ziemlich aufregend, oder?«

»Es war«, sage ich fest. »Es ist es auch noch. Aber du gehst nicht mit mir, sondern mit ...«

Simon legt mir zwei Finger auf den Mund. Mareikes Name soll nicht zwischen uns kommen, ich kann aus seiner Geste erkennen, dass wir uns immer noch näher sind als er und sie. Aber das ist ein Spiel, hämmert es in meinem Hirn, das ist ein gefährlich schöner Augenblick. Wenn diese kleine Tür aufgeht, empfängt mich eine helle laute Wasserwelt und alles ist wieder vorbei.

»Lass das«, sage ich leise und entferne sehr bestimmt seine Hände von meinem Körper, stoße ihn unsanfter zurück, als ich wollte, sodass er mit dem nackten Rücken gegen die Wand fällt, aufschreit. Aus einem der alten Bretter ragt ein langer Nagel.

»Das war nicht mit Absicht«, sage ich erschrocken, ziehe Simon wieder an mich, streichle über die Wunde, aus der ein bisschen Blut fließt. »Tut mir Leid«, sage ich.

»Ich bin nicht zimperlich, das weißt du, und du weißt auch, dass ich dich noch immer will«, sagt er und versucht mich umzustimmen. »Ich hab mich so auf dich gefreut.«

»Warum ... warum hast du dann die ganze Woche nicht angerufen?«

»Ich war mir selbst nicht sicher, aber dann hab ich ja angerufen, oder? Du, Ines, ich tu dir doch nichts, mir ist klar, dass du nicht willst!«

»*Was* ist dir klar?«, frage ich betroffen.

»Na, dass du nicht mit mir sein willst, weil ich doch mit ... na, du weißt schon, es hat sich ja nichts geändert, es ist nur, weil es so wunderschön ist, dass wir heute zusammen sind, ohne Druck!«

Ich spür Wut hochkommen. Unglaubliche Wut und Enttäuschung. Fühl mich abgeschoben. »Ohne Druck« nennt er das?! Ich bin die Zweite, die Lückenbüßerin, weil Mareike nicht da ist. Das erdbraune Dunkel im Inneren der Kabine driftet ins Schwarz ab.

»Was heißt ohne Druck, Simon? Wie meinst du das!!? Du wagst mir zu sagen, dass ich nicht mit dir sein will, weil mir klar ist, dass du mit Mareike gehst, behauptest aber im selben Augenblick, es hat sich eigentlich nichts geändert!!?«

»Was soll ich denn tun? Ehrlich gesagt lässt sie mich nicht in Ruhe. Klar, ich geh mit ihr, sie ist schon irgendwie toll, also ... ich meine, das siehst du ja, und sie ist auch nett, würdest du vielleicht nicht glauben.«

»Erraten!«

»Na ja, aber sie versteht vieles nicht, was für uns beide, für dich und mich, selbstverständlich war. Oder ist. Deswegen bin ich ja so gern mit dir, ich meine, mit dir kann ich eben immer noch so gut reden!«

»Dann *rede* auch nur mit mir!«, schreie ich ihn an, sodass er erschrickt. »Und tu nicht das, was du eben vorhattest!! Außerdem passt du doch gar nicht zu der, passt überhaupt nicht in diese Schickimicki-Clique, wenn du's genau wissen willst. Du hast dich echt verändert und merkst es gar nicht!«

»Wie willst *du* wissen, wo ich hineinpasse? Wir haben eine Menge Spaß!« Jetzt regt Simon sich auf, ich hab ihn angegriffen, ihn wieder zum lieben Jungen gemacht, zum sportlichen Typen, unkompliziert, wie er einmal war.

»Okay, du willst also nicht, dass ich dich anfasse, versteh ich zwar nicht, ich hab dich einfach noch lieb, ich kapier das einfach nicht«, fährt er mich an.

»Was weißt denn du, was ich dabei empfinde?!«, sage ich aufgebracht.

Simon blickt mich fragend an.

»Mehr als du jedenfalls!«, erkläre ich.

»Aber müssen wir deshalb einen Bogen machen, wenn wir uns noch immer mögen? Sind all die Jahre überhaupt nichts mehr?«

Das sagt gerade er *mir*! Es ist zum Lachen, wenn es nicht so traurig, so verrückt wäre. Ich spür kleine Stiche in der Brust, krieg kaum Luft. Hier drinnen ist es stickig heiß. Mir aber ist kalt.

»Können wir bitte rausgehen?«, sage ich so gefasst wie möglich.

»Schade. Ausgenützt haben wir unsere Villa nicht«, sagt Simon lächelnd, spürt jedoch, dass das kein guter Satz, kein richtiger Start für diesen Tag war. Er öffnet den Riegel und tritt ins Licht, während ich mich schnell umkleide, mich frage, wie es weitergehen soll, tief durchatme. Doch die Enttäuschung lässt sich nicht wegatmen.

»Das war eine ganz blöde Idee von dir«, sage ich deprimiert zu Simon, als wir wenig später auf die Liegeweise zusteuern. »Ich fühl mich nämlich irgendwie ausgenützt.«

»Ausgenützt?!« Simon versteht die Welt nicht mehr, schaut mich an, als hätte ich behauptet, dass ich nicht Ines, sondern eine plötzlich aufgetauchte Zwillingsschwester sei. Es hat keinen Sinn, das Thema breitzutreten, er findet wahrscheinlich, dass er soeben unglaublich lieb und nett zu mir gewesen ist. War er auch. Nur am falschen Ort und zur falschen Zeit. Noch etwas hat gefehlt, etwas, das er leider nicht gesagt hat: Mareike gibt es nicht mehr. Wir haben Schluss gemacht, ich will wieder ganz mit dir sein. Ganz.

Hätte er diese Worte gesagt, hätte ich Kabine, Bad und Menschen vergessen, wäre seinen Händen, seinen Lippen, seiner Liebe gefolgt.

Als wir einen halb schattigen Platz auf einem Hang in der Nähe eines großen Busches gefunden haben und uns auf unseren Handtüchern ausstrecken, sagt Simon nach einer Weile: »Tut mir Leid, ich wollte dich nicht kränken, Ines. Ich wollte ... dich lieb haben, dir zeigen, dass ...«

»Lass«, sage ich. »Fang nicht wieder von vorne an. So geht es jedenfalls nicht. Nicht mehr. Ich will nicht mehr!«

Entsetzt höre ich mich den Satz, den allerwichtigsten,

den Monate und Wochen und Tage vorbereiteten, in alle Richtungen durchdachten Satz, einfach so dahinsagen. In die blaue Sonnenluft hinein: »Ich will nicht mehr!« Nicht einmal angesehen habe ich Simon. Dieser Satz, für den ich mir so unendlich lange Hirn und Kopf zermartert habe, für den ich nicht in die Ferien gefahren bin, fliegt über die Köpfe der unbeteiligten Badegäste hinweg. Wie ein Kleidungsstück, an dem ich Jahre gehangen habe, jetzt irgendwo am Weg verloren ...

Zumindest hat Simon meine Worte gehört. »Ist es das, was du mir sagen wolltest?« Er dreht sich auf den Bauch, nimmt mein Kinn in seine Hand, wendet mein Gesicht zu ihm.

»Ja«, sage ich. »Ja.« Ich lass das »Ja« zwischen uns schwingen, doch Simon fängt es nicht weiter auf. »Dann werd ich halt versuchen meine Hände bei mir zu lassen.«

»Das ist keine Lösung«, sage ich.

»Was verlangst du, Ines?« Seine Stimme klingt irritiert.

»Denk selber darüber nach. Ich bin irgendwie geschafft von allem, was geschehen ist. Du willst mich und Mareike haben, das geht nicht.«

»Ich will dich nur nicht verlieren, das ist was anderes. Ich bin doch ehrlich zu dir, oder?«

»Ja. Aber so geht es eben nicht.«

»Soll ich dir was vorschwindeln, ist dir das lieber?«

»Sag, tust du nur so oder kapierst du wirklich nicht, was in mir vorgeht, wenn du lieb zu mir bist und mich küssen willst und ...

»Doch. Ich glaub schon. Ich dachte nur nie, dass es so ein Riesenproblem für dich ist, ich dachte immer, wir beide ...«

»Was??« Ich halte den Atem an, sehe auf seinen Mund, versuch die Worte hervorzuholen. Doch Simon schweigt, dreht sich wieder auf den Rücken, die Arme vor der Brust verschränkt, blickt in den wolkenlosen Himmel. Ich stütze mich seitlich auf den Ellbogen, schaue auf ihn hinunter, er blinzelt in mein Gesicht, lächelt, lässt den Blick nicht los.

Tief hinein fallen wir, einer in den anderen. Simon wartet auf etwas.

Mich jetzt über ihn beugen, ihn küssen, ihn lieb haben, ihn zurückgewinnen. Für immer ... doch zwischen uns ist es still.

»Ich weiß nicht mehr, was ich dir sagen soll, Simon. Außerdem bin ich ziemlich verwirrt von vorhin.«

»Du meinst ... in der Kabine?« Simon lächelt noch breiter. »Dann ist es doch ein gutes Zeichen!«, flüstert er dicht an meinem Ohr.

»Nein. Ist es *nicht*!!« Ich werde zornig und laut. »Du bringst mich total durcheinander, du nimmst mich scheinbar überhaupt nicht ernst, ich halte das nicht mehr aus! Entscheide dich!!« Ich schleudere ihm die Worte ins Gesicht. Die Umliegenden können es hören. Es ist mir egal.

Wütend springe ich auf, schnappe hastig mein Handtuch, laufe weg, Tränen überall, sie dringen aus Poren und Augen und Mund, haste den Hang hinunter, hüpfe über Beine und Kinderspielzeug, Sonnencremes und Badetaschen, stehe aufgewühlt und atemlos vor unserer Kabine. Entscheide dich – hab ich geschrien. Aber Simon versteht anscheinend wirklich nicht, worum es mir tatsächlich geht. Zu meinem Entsetzen bemerke ich, dass ich keinen Kabinenschlüssel habe. Wie komme ich jetzt bloß zu meiner Kleidung? Ich lasse mich auf der kalten Steinstufe vor der verschlossenen Tür nieder, bin völlig durcheinander. Das war keine Aussprache, das war ein Sich-Anbrüllen, mehr nicht. Ich hab alles kaputt gemacht. Oder hat Simon unsere Chance von Anfang an zerstört? Das Erlebte dreht sich in meinem Kopf und ich begreife nicht, wie es so schnell geschehen konnte. Wird Simon mich suchen? Ich hab nicht einmal die Eintrittskarten für das Bad um zu bitten, dass mir jemand aufsperrt. Ich stütze den Kopf in die Hände. Warte. Als Simon nach zwanzig Minuten nicht da ist, halte ich es nicht mehr aus, stapfe mit großen zornigen Schritten zurück zu unserem Liegeplatz. Simon sitzt halb aufgerichtet da, die Ellbogen auf das Handtuch gestützt, sucht das Bad mit den Augen ab. Jetzt sieht er mich kommen, steht auf, geht mir langsam entgegen.

»Na, wieder beruhigt?« Er nimmt mich um die Schultern, drückt mich an sich. Ich komme mir plötzlich blöd und kindisch vor.

»Du hast immer schon deine Wutanfälle gehabt«, sagt Simon, »und ich würde dir jetzt gerne einen Kuss geben, aber ich trau mich nicht mehr.«

»Gut so!«, sage ich. »Deine Küsse kannst du für Mareike sparen, die kriegt sowieso alles und bestimmt auch einen Tobsuchtsanfall, wenn sie uns hier sehen würde.«

»Vielleicht sind Mädchen so.« Simon lacht. »Oder ich fall immer auf den gleichen Brausetyp rein.«

Die Angelegenheit ist für ihn erledigt.

»Wirf mich gefälligst nicht in einen Topf mit Mareike! Wir sind beide ganz anders, jeder Mensch ist anders!«

»Aber so was wie Hunger hat jeder irgendwann, oder? Wie wär's, wenn wir uns jetzt stärken würden?«

Vorbei. Die Möglichkeit zu reden zerbricht wie die Käse-Baguette, die wir uns zehn Minuten später teilen.

»Früher hast du doch immer Wurst gegessen«, stellt Simon fest.

»Ich bin jetzt Vegetarierin.«

»Da bist du ja auf einem ganz neuen Trip. Und wieso?«

»Ich musste ein Schwein schlachten, weil ich mich die ganze Woche über selbst versorge. Da ist mir die Lust auf Fleisch vergangen!«

Endlich lachen wir wieder. Schnell werde ich abermals ernst. Das Wort »Trip« funkt Signale in meinen Kopf ... »Warum schwindelst du und behauptest, du bist nicht im Park gewesen, Simon? Du glaubst doch nicht wirklich, dass ich dich nicht auf hundert Meilen erkennen würde?« Etwas gefriert in mir aus Angst vor seiner Reaktion. Ich behalte Recht. Simon wollte gerade einen Bissen nehmen, legt die Baguette auf den Holztisch zurück, sieht mich feindselig an.

»Hast du heute noch was auf Lager? Wir wollten schwimmen gehen, Spaß haben zusammen. Siehst du, das ist der Unterschied zwischen Mareike und dir. Du hast Recht. Ihr seid beide anders. Total verschieden!«

Sein Satz trifft mich in Gesicht und Bauch. »Das hättest du nicht sagen sollen.« Meine Stimme klingt komisch. Klein und zerbrechlich, als würde mir jemand die Worte einzeln kaputt schlagen. »Das hättest du nicht sagen sollen«, wiederhole ich deutlicher.

»*Du* verlangst doch immer, dass ich ehrlich sein soll, oder? Bin ich es, passt es dir nicht.«

»Das war einfach total fies. Du warst nie so, Simon. Du warst nie verletzend.«

»Vielleicht werd ich selbst verletzt!«, murmelt Simon mehr zu sich, greift wieder nach dem Brot, reißt ein Riesenstück mit den Zähnen ab, stopft es sich in den Mund. »Weißt du, was ich zu Hause alles so mitkrieg? Wünsch ich dir nicht!«

»Dafür kann ich aber nichts!«

Simon kapselt sich wieder ab, starrt über mich hinweg, verschränkt die Arme fest über der Brust. Lass mich in Ruh, sagt sein Blick. Rühr mich nicht an, sagt sein Körper.

Plötzlich lockert er seine Haltung, greift nach meiner Hand. »Stimmt. Du kannst nichts für das, was bei mir zu Hause los ist. Und auch sonst ... aber du brauchst dich nicht gleich so aufführen, nur weil ich dich anfasse. Ich wollt es einfach schön haben mit dir. Weil du mir am nächsten bist, verstehst du?«

Ich bin ihm am nächsten. Bin nicht die Zweite. Bin die Erste. Und wieso merk ich nichts davon, wieso ist er dann trotzdem mit ...

»Ist alles nicht lustig«, fährt Simon fort, schwenkt mit einem Mal von selbst zurück zum Thema Drogen. »Okay ... Ich war dort in dem Park. Ich bin da mit ein paar zusammen, die geben mir einfach ein gutes Gefühl. Die akzeptieren mich so, wie ich bin. Da brauch ich nicht ...«

»Den Supertypen spielen wie bei Mareike, oder?«

»Es gibt nicht nur sie! Hör schon endlich auf, ja!!?«

»Wieso?«, frage ich erschrocken. »Gibt's da noch wen??«

»Ein ganzes Heer. Eltern, Lehrer, nette Klassenkameraden, was weißt denn du?!«

»Willst du mit mir drüber reden?«, frage ich Simon und sage genau das, was ich nicht mehr möchte.

»Nicht jetzt.« Simon schüttelt den Kopf, pickt mit dem Zeigefinger Krümel vom Tisch. Schweigt.

»Du, Simon, ich hab ein Gespräch mitgekriegt, von zwei Drogenberatern«, schieße ich mit einem Mal los. »Die saßen durch Zufall neben mir in der U-Bahn. Die haben über einen gesprochen, der keine Zähne mehr hat, weil er sich Kokain aufs Zahnfleisch schmiert und weißt du, warum? Weil der auf nichts sonst mehr abgefahren ist, der hat sich an all das Giftzeug gewöhnt! Ganz schnell geht das. Schneller, als du denkst. Du merkst es gar nicht, es frisst sich langsam rein ...«

»He, halt mal die Luft an!«, unterbricht Simon mich und lacht, weil ich ihn mit den vielen schwarzen Abschreckworten förmlich überschütte, sie ihm alle auf einmal vor Augen führen will, ihn mit jedem Mittel zurückholen möchte.

»Wo hast du denn dieses Schauermärchen her?« Simon schüttelt belustigt den Kopf.

»Ich hab's gehört, echt! Und es ist wahr! Den Typen gibt es und andere auch!« Ich spüre, das ist das falsche Beispiel, das hab ich ganz schlecht angepackt.

»Ich hab nicht vor zu koksen. Wir rauchen uns nur ein bisschen ein, sitzen zusammen und fühlen uns gut.«

»Simon, ich ...«

»Lass das Thema!«, faucht Simon mich an. »Ich brauch keine Krankenschwester, okay? Werd deinen Helfertick woanders los!«

»Aber ich kann doch nicht zusehen, wie mein bester Freund ...«

»Bin ich also doch noch dein Freund?« Simon ändert den Tonfall, beugt sich über den Tisch, wird ganz weich, sieht mir bittend ins Gesicht, beschwört mit dem Blick, mit seiner Haltung unsere Freundschaft herauf. Ich kann gar nicht anders, will gar nichts anderes mehr in diesem Augenblick, streichle ihn einfach, meine Hände tun es ganz von allein, fahre ihm durch das dichte Haar, greife hinein, will ihm die Dummheiten aus dem Kopf schütteln, zieh ihn heran, dicht zu mir, an mein Gesicht, an meinen Mund, küsse ihn. Lange.

Ich küsse *ihn*, sag ohne Worte die Wahrheit, nämlich dass ich mich selbst nicht entscheiden kann, nicht loskomm von ihm.

Genauso wenig wie er von mir.

Als wir später gemeinsam schwimmen, tauchen wir weg von allem, vom Versuch in der Kabine, vom Gespräch über Drogen, auch von Mareike, fügen uns ein in die Badestimmung, in die Ferienlaune, gehören für kurze Zeit wieder uns, ohne Fragen, ohne Antworten.

»Weißt du, dass Mario vom Zehnmeterturm springt? Noch dazu schlägt er einen zweifachen Salto!«, erzählt Simon, während wir ans andere Ende vom Bassin schwimmen.

»Der ist ein Supersportler, wundert mich nicht«, sage ich.

»Weißt du auch, dass Sandra auf ihn steht? Ich hab gesehen, wie sie ihm einen Brief zugesteckt hat, und als Mario und ich einmal nach dem Bowling zusammen nach Hause gefahren sind, hat er es mir erzählt. Wir verstehen uns ziemlich gut. Jedenfalls hat er mich gefragt, was er machen soll.«

»Will er denn mit ihr gehen?«

»Nein, das ist es ja. Er weiß nicht, wie er ihr das sagen soll, er mag ganz jemand anderen in der Klasse.«

»Wen?«, frage ich und mein Herz klopft sogar unter Wasser fühlbar gegen meine Brust.

»Keine Ahnung. Ich hab's nicht rausgekriegt. Jedenfalls hat der mehr drauf, als man denkt, der Kleine. Er sagte bloß: ›Sie weiß es nicht, aber wenn sie es weiß, wird sie mit mir gehen wollen.‹«

»Und du hast keine Ahnung, wer es sein könnte?«

»Nein. Jedenfalls ist der ganz schön selbstbewusst, nicht wieder zu erkennen, unser Mario. Machen wahrscheinlich seine Erfolge im Sport, da kann nicht mal ich mithalten.«

Ich schicke ein Lächeln über das Wasser, höre Marios Satz: »Ich mag dich ganz arg«, sehe seine Augen sich in der flirrenden Luft spiegeln ...

»Wieso lächelst du so eigenartig?«, fragt Simon verwundert.

»So eben«, sage ich und tauche weg.

Richtig friedlich liegt das Bad in der späten Nachmittagssonne vor uns, die meisten Gäste haben es bereits verlassen. Keiner von uns beiden schneidet an diesem Tag mehr ein heikles Thema an, das die wiedergewonnene Stimmung zerstören könnte. Wir lassen uns ein auf das, was ist, ohne einen Gedanken an morgen. Nur als wir uns vor meiner Haustür verabschieden, ist das Leichte wieder verflogen. Simon nimmt mich um, zögert, küsst mich schließlich bloß auf beide Wangen. Sagt auch nicht: Ich ruf dich an.

Das ist seine Antwort auf meine Forderung, schätze ich, er redet nicht mehr über seine Probleme mit mir, er küsst mich nicht mehr, er hält den Abstand, den ich wollte. Mit einem Schlag fühle ich mich ganz leer, wie innerlich ausgepumpt. Da ist nichts, worauf ich hoffen könnte. Und doch. Vielleicht ist dieses plötzlich so fremde Verabschieden vor meiner Tür nur ein Augenblick der Verlegenheit, der Unsicherheit, morgen oder übermorgen verhält sich Simon wieder anders. Wir können nicht einfach so auseinander gehen, wir müssen erst reden ...

»Entscheide dich bis Sonntag«, sage ich plötzlich, als er schon gehen will.

»Was soll ich entscheiden?«, fragt Simon, als wäre heute nichts passiert.

»Weißt du es nicht? Hast du alles vergessen, was im Bad war?«

»Nein. Habe ich nicht. Ich werde es noch lange nicht vergessen«, sagt Simon und ich frage mich, was er genau meint.

»Ich möchte, dass wir miteinander reden.«

»Tun wir das nicht sowieso?«

»Nicht so, wie ich es meine, Simon. Was machst du eigentlich morgen?«

»Weiß ich noch nicht.«

»Wenn du willst, können wir uns sehen.«

»Ich ruf dich an.« Simon wendet sich bereits ab und ich blicke ihm nach, wie er zur Bushaltestelle geht. Warte, dass er sich umdreht. Warte vergeblich.

Als ich in der Wohnung bin, wünschte ich, jemand wäre da. Die Räume atmen abweisende Stille aus. Simon hätte ruhig mit raufkommen können, aber es ihm vorzuschlagen hab ich mich nicht getraut. Dabei wäre es *die* Gelegenheit gewesen, ich hätte vielleicht wirklich mit ihm geschlafen und Mareike würde zurückkommen und es erfahren und er würde ihr sagen, dass es aus ist. Er hätte sich entschieden. Der Satz meiner Schwester blitzt mir durch den Kopf: »Alles ist möglich, wenn du nur daran glaubst!« Aber es wäre keine Lösung, nur ein hässlicher Weg, ihr auf diese Art Simon auszuspannen. Außerdem würde er womöglich anders reagieren, als ich es erwarte. Im Schwimmbad war ich sogar von meiner eigenen Reaktion überrascht, Simon zu küssen ohne zu überlegen, nur aus dem Gefühl heraus. Damit hab ich genau das gemacht, was ich von ihm nicht mehr akzeptiere. Warum muss bloß alles so kompliziert sein?

Ich kauere mich auf das Sofa und grüble vor mich hin. Für Simon scheint alles ziemlich problemlos. Er hat es selbst gesagt: »Es ist einfach schön mit dir, so wie es ist.«

Er wird sich wahrscheinlich nie entscheiden.

Ich habe genug vom Nachdenken, die Stille engt mich von allen Seiten ein, ich drehe den Fernseher auf, lass Worte, Geräusche und Musik das Zimmer füllen. Die Eindrücke fließen an mir vorbei, ohne mich mitzunehmen. Mein Magen knurrt unüberhörbar und ich bereite mir eine Eierspeise mit Salz und Pfeffer, schiebe Pommes frites ins Rohr und hoffe, dass sie wissen, wann sie braun und knusprig werden sollen ohne zu verkohlen. Nachdem ich lustlos gegessen habe und der Berg an schmutzigem Geschirr gewachsen ist, schaue ich mir einen Liebesfilm an, obwohl ich weiß, dass mir die Bilder, die Sätze, die romantischen Lieder wehtun werden. Die Hauptdarstellerin ist natürlich hübsch und schlank. Sie spielt so echt, dass ich mit ihr leide, mit ihr in fremde Länder fliege, ihrem Geliebten nach. Fünf Meter von mir entfernt flimmert die Welt über den Bildschirm, frei, weit, unendlich, und ich stecke in einem Fünfzimmerloch.

Allein.

Als die beiden sich auf dem Bildschirm doch noch in den Armen liegen, bin ich so aufgewühlt, dass ich noch lange nicht schlafen kann. Wie so oft in einer ähnlichen Stimmung lasse ich mich auf dem Boden nieder, greife nach einem Pinsel, tauche ihn ein, rühre die Farben an, male meine Hoffnung, meinen Zorn, meine Liebe. Und einen winzigen Schmetterling am untersten Bildrand, geschützt vor der Wucht der Farben. Schlafend wartet er darauf, bis die Bahn frei ist für seinen Flug.

Als das Telefon klingelt, springe ich hoch, sodass die Farbe wegspritzt. Ich bin sicher, dass es Simon ist. Er hat es sich überlegt, er kommt zurück, er kommt rauf, wir verbringen gemeinsam die Nacht in meinem »Fünfzimmerparadies«, so eine Gelegenheit kommt nicht wieder. Auch er weiß das.

Es ist Mario. Er fragt, ob ich mit Oliver und ein paar anderen mitkommen will, sie machen heute Nacht am Fluss ein Lagerfeuer.

»Nein, du, ich war den ganzen Tag schwimmen, ich möchte eigentlich nicht.«

»Das ist doch eine tolle Sache! Ach komm, Ines! Vielleicht geh ich für dich sogar über Kohlen. Ich kann das. Ich hab's schon probiert.«

»Du springst ja auch einen zweifachen Salto vom Zehnmeterturm, wundert mich nicht«, sage ich lachend.

»Wer hat dir das erzählt?«

»Simon. Heute.« Still ist es in der Leitung. »He, bist du noch da?«, frage ich.

»Klar. Ich kombiniere nur. Triffst du ihn heute Abend?«

»Nein.« Das Spionieren gefällt mir nicht.

»Ich hol dich auch ab, fahr mit dir auf meinem neuen Fahrrad quer durch die Stadt.«

»Nett von dir, ein Supermotorrad wär mir lieber.«

»In drei Jahren mach ich den A-Führerschein, dann hab ich eins, aber so lange will ich nicht warten, verstehst du? Das Lagerfeuer ist heute, nicht in drei Jahren.«

»Trotzdem. Ich möchte nicht.«

»Schade«, sagt Mario leise. Und noch leiser: »Ich mag dich nämlich ganz arg.«

»Hast du mir schon mal gesagt, Mario.«

»Ich weiß. Aber noch nicht durchs Telefon.«

Mario ist hartnäckig, auf eine ganz besondere Art. Irgendwie gefällt sie mir. Er hat angerufen. Simon nicht. Ich bin es jetzt, die handeln muss. Endgültig.

Zwei Tage geb ich *mir.*
Dann ist es aus.
Oder es fängt erst richtig an.

Samstag

Anika hat noch einmal angerufen, sie nimmt den Nachtflug, damit sich ihre Ankunft nicht mit der von den Eltern überkreuzt und sie rechtzeitig da ist. Wenn das bloß gut geht!

Schrecklich sieht es in der Wohnung aus. Die Pflanzen habe ich vollkommen vergessen, ich hab ja nicht einmal mich richtig begossen. Die schlappen Blätter spielen Herbst und ich überlege, ob ich sie grün bemalen soll, wenigstens für den ersten Eindruck, wenn Mama das Zimmer betritt. Die große Fuchsie auf der Terrasse hat die heißen Sonnentage auch nicht überstanden, sie könnte höchstens einen Komposthaufen schmücken. Ich gieße kannenweise Wasser über das, was noch vorhanden ist, vielleicht machen mir einige Blätter und Blüten den Gefallen und erholen sich bis morgen. Jedenfalls möchte ich an diesem letzten Tag ein Fest feiern, wie und mit wem ist mir noch nicht klar. Ordnung mache ich nicht! Mir gefällt es so. Chaos-Ines! Oder ich gehe abends ganz lange fort, komme erst am Morgen nach Hause. Aber ich merke es schon, meine Wünsche haben keine Kraft, sie reichen nicht einmal für einen kurzen Tag, an dem ich mir alles vorstellen kann, nur nicht die Wirklichkeit. Denn solange ich die Sache mit Simon nicht geklärt habe, mich nicht endgültig entschieden habe, scheint mir nichts möglich. Ich habe nicht einmal Lust zu frühstücken, die Worte, die ich Simon sagen muss, füllen meinen Bauch, meinen Hals, meinen Mund, meinen Kopf. Ich kauere mit angezogenen Beinen auf dem Küchensessel und starre auf die weißen Kacheln, versuche eine Lösung aus den Schmutzschlieren, den Krümeln, den Wasserflecken zu lesen, die Zeichen zu deuten, wie in meinem Tagebuch.

Nein. Der Druck ist einfach zu groß, ich werde nicht abwarten, ob Simon mich anruft. Ich rufe selber an, sonst hat nichts anderes mehr Platz in meinem Kopf als dieses erhoffte Telefonschrillen. Simon hat sich gestern Abend ja nicht einmal nach mir umgedreht beim Abschied, vielleicht meldet er sich überhaupt nicht. Ich habe keine Lust mehr, abhängig zu sein von seinen Entscheidungen, von seiner Laune, von dem, was *er* möchte. Ich habe mein eigenes Gefühl. Und ich muss ihm klarmachen, dass ich ihn auch nicht mehr außerhalb der Schule treffen möchte. Die Geheimnistuerei vor Mareike habe ich ebenfalls satt!

Die Unruhe treibt mich aus dem Bett und hinein in die Kleidung. Ich will den Tag ausnützen, egal wie. Erst muss ich den Anruf hinter mich bringen und mir wird augenblicklich wieder flau im Magen. Ich brauche eine Ewigkeit um zum Telefon zu gelangen, mache einen Umweg über zwei Zimmer, suche etwas in meinem Schrank ohne zu wissen, was, stelle ein schmutziges Glas von einem Platz an den anderen, schaue mich endlos in den Spiegel, erforsche meine Augen, meinen schrumpfenden Regelpickel, die Mitesser auf der Nase, probiere eine neue Frisur. Für wen?

Bestimmt nicht mehr für Simon.

Und weh tut es doch. Weil ich ihn noch immer lieb habe. Sehr.

Als ich zum Hörer greife, ist mir wie vor einer entscheidenden Mathematikprüfung. Das unangenehme Ziehen quer durch den Magen lässt mich fast in den Beinen einknicken, das Herz rast, im Kopf sirrt es, als befände ich mich inmitten eines Insektenschwarms. Ich wähle die ersten beiden Ziffern, plötzlich erschallt unter meinem Fenster ein Hupkonzert. Ich warte ab, bis es aufhört, doch schon nach zwei Sekunden dringen die scharfen, diesmal lang gezogenen Töne wieder zu mir herauf. Besser, ich schließe das Fenster. Als ich mich hinausbeuge um zu sehen, wer so verrückt hupt, traue ich schon wieder meinen Augen nicht. Zwei Jungen mit Sturzhelmen sitzen auf einem schwarzen Motorrad, sie schauen zu mir herauf. Den Fahrer kenne ich nicht. Den auf dem Rücksitz schon.

»Mario??!«

»He!!«, ruft er herauf.

»Was machst *du* denn da?«

»Komm runter, dann sag ich's dir!«

So einer wie Mario ist mir noch nie begegnet. Zwei Minuten später stehe ich vor der auf Hochglanz polierten schweren Maschine. Beeindruckend! Mario sieht es mir an.

»Hallo!«, sagt der andere Junge, nimmt den Helm ab, struwwelt durch sein verklebtes, kurzes Haar.

»Das ist Danny, mein Cousin, ihm gehört dieses Superding und er ist bereit, dich auf eine Tour durch die Stadt mitzunehmen. Jedenfalls solange *ich* noch kein Motorrad hab!«

»Soll ich jetzt drei Jahre lang mit Danny um den Häuserblock kreisen?«

»Wenn du schwindelfrei bist.« Danny lacht mich an.

»Also was ist, Ines? Das ist die Überraschung des Tages«, sagt Mario. »Leave it or take it, baby, mein Cousin hat nicht lang Zeit, er macht das mir zuliebe. Und ich mach es dir zuliebe.«

Verlockend wartet das riesige schöne Motorrad darauf, dass ich mich auf den Rücksitz setze. Mario steigt ab und reicht mir seinen Helm. Ich zögere kurz, dann tue ich es. Ich setze ihn mir auf und lass mich auf ein Abenteuer ein.

»Das find ich echt super von dir!«, sage ich und gebe Mario meine Wohnungsschlüssel. »Dritter Stock. Du kannst inzwischen bei mir oben Musik hören. Nur zu essen gibt es nichts. Jedenfalls nichts, was über den Appetit einer Maus hinausgeht.«

»Ist schon okay, ich bin nicht zum Essen gekommen, sondern um dir eine Überraschung zu bereiten.«

»Ist dir gelungen!«, sage ich. Ich finde Marios Idee irgendwie toll.

Ich schwinge mich auf den weichen Sitz, lege die Hände

auf Dannys Schultern, halte mich leicht fest. Der Motor braust auf wie für eine Höllenfahrt.

»Vergesst mich nicht«, ruft uns Mario nach und fügt noch etwas hinzu, aber die Worte fetzen weg, weil Danny und ich bereits davonsausen.

Erst schlängeln wir uns zwischen der an der Kreuzung wartenden Autokolonne vorbei an die Spitze. Danny ist der Erste, der losstartet, biegt nun in enge kleine Gassen, in denen der Lärm des starken Motors zwischen den Häusern widerhallt. Ich wünschte, jemand aus meiner Klasse könnte mich sehen. Danny kennt eine Abkürzung, hinaus aus der Stadt, sodass er mir zeigen kann, was seine Maschine drauf hat.

»Gefällt es dir?«, ruft er nach hinten.

»Irre!«, brülle ich, und weil die Landstraße frei ist, gehört sie uns. Ich lege die Arme um seinen Oberkörper, das Tempo ist atemberaubend. Wir jagen über den Asphalt, Bäume und Felder flattern an uns vorbei wie ein grünbraunes Band, der Fahrtwind schlägt mir ins Gesicht, braust mir fast die Nase weg, ich spür die Geschwindigkeit im ganzen Körper. Wild ist das! Schön ist das! Ich leg den Kopf an Dannys Rücken, halt mich fest, schließ die Augen, flieg auf dem Wind. Eine halbe Stunde genieße ich diese ganz andere totale Freiheit, dann müssen wir zurück.

Wieder in unserer Straße bin ich stolz auf der schweren Maschine anzukommen. Schade, dass Christian mich nicht sieht, der Angeber.

»Kann ich noch einen Sprung zu dir rauf, ich hab Durst«, sagt Danny.

»Klar!« Wir nehmen zwei Stufen auf einmal und ich bin schneller oben als er.

Es ist ein komisches Gefühl, an der eigenen Wohnungstür zu läuten und von Mario empfangen zu werden.

»Sie ist eine Supermitfahrerin«, sagt Danny. »Kreischt und klammert nicht und sagt mir nicht, wo ich fahren soll.«

»Es war einfach toll!«, rufe ich begeistert aus.

»Warte erst, bis *ich* meine Maschine habe!« Marios Augen wirken vor lauter Strahlen doppelt so groß.

Ich biete den beiden großzügig jede Menge Drinks an, weil mir eingefallen ist, dass die Eltern im Barschrank Martini und Likör, Wodka und Whisky und all das Zeug stehen haben, das wie Medizin schmeckt. Doch Danny lehnt ab. »Ich fahre«, sagt er. »No alcohol!«

»Ich fahre nicht«, sagt Mario. »Einen Campari, bitte!«

»Du kannst ihn bestellen und dir gleich selber servieren«, sage ich. »Ich hab keine Ahnung, wie viel man da eingießt.«

Mario mixt sich sein Getränk, summt dabei einen Song, der mir gefällt.

»Und was trinkst du, Ines?«, fragt er, als wäre er hier zu Hause.

»Kokosmilch. Dann glaub ich, ich bin in Spanien!«

»Typisch, dass du immer was willst, was ich nicht habe. Aber ich krieg es. Wirst sehen!«, verkündet er.

»Dann heiß ich Rosalinde Kuckucksei.«

»Kannst dich schon umbenennen!«, sagt Mario selbstsicher.

Wenig später sitzen wir gemütlich auf der Couch und Danny erzählt, dass er noch zwei Jahre studieren muss, dann ist er Tierarzt. Er regt sich furchtbar über die Leute auf, die von ihren Reisen auf krummen Wegen exotische Tiere wie Vogelspinnen, Affen und Schlangen mitbringen.

»Ich hab mal einen guten Satz gehört von einem Beamten, der kontrolliert, ob die Leute ihre Tiere auch ordentlich halten«, erzählt er. »›Es gibt Tier-Haber und Tier-Liebhaber‹, hat der Mann gesagt. Einer, der Tiere wirklich liebt und versteht, wird sie nie aus ihrem angestammten Lebensraum holen und hierher verpflanzen.«

»Ich möcht sowieso keines dieser Tiere in der Nähe haben«, sage ich. »Oder würdet ihr mit einer Vogelspinnne schlafen?«

»Da kann ich mir jemand anderen vorstellen!«, sagt Danny.

»Ich auch!«, antwortet Mario und blickt mich diesmal herausfordernd an. Ich spüre, wie ich rot werde, und er hört nicht auf zu schauen und mir wird noch heißer. Trotzdem genieße ich wenig später die Situation. Hier komme ich also gerade von einer wilden Motorradtour, hab die Wohnung für mich und sitze gleich zwischen zwei Jungs! Wobei dieser Danny nicht übel aussieht, während mir Mario ständig etwas sendet, das überraschend Bauchkribbeln verursacht. Jetzt fehlt bloß Sandra, damit sie den Klatsch des Jahres verbreitet. Oder Anika. Dann könnte sie es mit eigenen Augen sehen: Die kleine Schwester ist schon lange keine Kleine mehr! Und weil alles so riesig und so anders heute Vormittag ist, schenke ich mir diesen schrecklich bitteren Campari ein. Schön rot leuchtet der und die Sonnenstrahlen scheinen durch mein Glas wie Feuerfäden.

Als Mario und Danny beschließen eine Heavymetal-CD aufzulegen, verstehe ich wegen der dröhnenden Musik mein eigenes Wort nicht mehr. Die beiden haben den Tonregler überdreht, glaube ich, Mario lümmelt auf der Couch und hält mit geschlossenen Augen sein Glas hoch, als würde er jemand Unsichtbarem zuprosten, während Danny auf Mamas scheußlichem Kupferteller wie in Trance den Rhythmus trommelt. Wenigstens ist er einmal zu etwas gut. Trotz des gewaltigen Krachs glaube ich ein Läuten an der Tür zu hören. Die beiden merken nichts. Gehen in den Tönen unter.

Eigentlich möchte ich jetzt keine Störung, will das Fest, zu dem dieser Vormittag geworden ist, voll auskosten. Sogar Simon habe ich fast vergessen. Doch er ist nicht zu übersehen. Steht vor mir in der offenen Tür und jagt mir einen ordentlichen Schreck ein. Er lächelt ein wenig verlegen, hält sich kurz die Ohren zu, deutet in Richtung Wohnzimmer. »Du nützt ja mächtig aus, dass du allein bist, oder?«

Ich nicke, spür den Puls im Hals, verschweige, dass jemand da ist, weiß selbst nicht genau, warum. Vielleicht würde Simon gleich wieder gehen wollen oder ich schäme mich, weil ich hier am Vormittag allein mit zwei Jungen sitze und einer davon ist Mario. Vielleicht will ich Simon jetzt auch nur für mich haben.

»Ich bin vorbeigekommen, weil ... weil ich grad vorbeigekommen bin«, sagt Simon. Wir müssen beide lachen. »Außerdem ... wollten wir doch reden, nicht wahr?«

Ich nicke, mein Herz übertönt die Heavymetal-Schläge.

Ich schließe die Tür, Simon steht noch immer unschlüssig da. Er legt nicht die Arme um mich, berührt mich nicht und doch ist die Art, wie wir uns ansehen, wie wir uns gegenüberstehen, mehr als jede Berührung.

»Ich wollte dir meine neue Narbe zeigen, Nummer einundzwanzig«, sagt Simon plötzlich. »Diese hier hat eine Geschichte, die du kennst.«

»Wieso ist sie dann neu?«, frage ich erstaunt.

»Weil du die Narbe noch nicht gesehen hast. Weißt du auch, wann sie entstanden ist?«

»Wann?«

»Erst kürzlich.«

»Am Zaun in der Schule, am letzten Tag, als du plötzlich nach hinten ausgerutscht bist?«

»Nein.«

»In der Kabine??«

»Ja.«

Simon streift unvermutet sein T-Shirt über den Kopf, dreht mir den nackten Rücken zu. Ich erkenne sie gleich: eine nagelkleine Wunde, violett in der Mitte. Ein rotbrauner getrockneter Blutstrich zieht sich von ihr weg.

»Taste«, sagt er.

Ich streiche darüber hin. Liebkose die Stelle. Puste über die Wunde, so wie Simon einmal vor langer, langer Zeit meine Brennnesselstiche gekühlt hat. »Wieder gut?«, frage ich.

»Noch lange nicht«, sagt Simon. »Mach weiter.«

Ich soll, wie früher, die Narbe erkunden, die Erhebung ertasten, die Vertiefung fühlen, das Kreisrunde, das Schorfige, das Weiche, das Hügelige, und den Schmerz begreifen, der dazugehörte, als sie entstand. Behutsam fragt mein Finger die Stelle ab, gleitet über die Hautfläche, bis Simon sich mir langsam zuwendet, beide Hände um mein Gesicht legt, mir in die Augen blickt. Tief in mich hinein.

»Weißt du noch all die Male, die wir uns getroffen haben, und jede Narbe hatte eine ganz eigene Geschichte. Willst du diese hier hören?«, fragt er leise.

»Ja.«

Berstend laut ist es dort drinnen, im Wohnzimmer.

Geladen still ist es hier draußen im Vorraum.

Wir stehen uns gegenüber, bewegen uns kaum.

»Es war einmal ein Mädchen«, beginnt Simon, »das fiel in die Brennnesseln. Da kam durch Zufall ein Junge vorbei und holte es heraus. Er wusste, dass es Ines hieß. Er blies über die vielen roten Punkte auf ihrer Haut und fand, dass sie eine komische Nase hatte.«

»Wie bitte??«

Simon lässt sich nicht unterbrechen. »Sie hatte eine komische Nase, die geradesten Schnurhaare, die er je bei einem Mädchen gesehen hatte, und Augen, die ein bisschen schielten.«

»Du bist gemein, hör sofort auf!« Ich boxe Simon gegen die nackte Schulter.

»Möchtest du, dass ich noch eine Narbe habe, oder zuhören?«

»Zuhören.«

»... also Augen, die ein bisschen schielten, aber er mochte die Augen. Die Farbe und den Blick und so ziemlich alles darin. Er fand auch, dass sie eine Stimme wie eine Schreckmaus hatte, aber er gewöhnte sich an sie.«

»Ich glaube nicht, dass mir die Geschichte gefällt«, sage ich enttäuscht.

»Dann beginne ich mit dem Ende. Sie wurden erwachsen und liebten sich.« Simon macht eine lange Pause, in der etwas entsteht, was sich erst in meinem Magen formt und dann erschreckend schnell hochkommt.

»Und dann kam eine andere dazwischen und machte alles kaputt«, stürzt es aus mir heraus.

»Nicht alles, Ines. *Du* siehst das so. *Ich* nicht.«

»Ich weiß«, sage ich und kann die Worte nicht aufhalten. Sie sind schneller als ich, rennen mir davon: »Deswegen will ich auch, dass wir Abstand voneinander haben, Simon. Ich will dich auch nicht mehr außerhalb der Schule treffen, du verstehst nicht, wie schlimm das für mich ist, wenn du mir sagst, wie gern du mich noch immer hast, wenn du mich küsst, mich anfasst, mich festhältst, ich kann das alles nicht mehr ...«

In diesem Augenblick öffnet Mario die Wohnzimmertür und Simon reißt Augen und Mund auf, als sähe er ein Gespenst, während Mario ein Gesicht schneidet, als hätte ihm jemand einen Stein an die Stirn geworfen.

»Hallo«, murmelt Simon und streift schnell sein T-Shirt über.

»He, nette Versammlung hier«, sagt Mario völlig unpassend. »Drin sitzt noch einer, falls du vorhast reinzukommen. Möchtest du Danny kennen lernen, ihm gehört die Maschine, die vor dem Haus parkt. Ines hat sie heute ausprobiert.«

Simon wirft mir einen vernichtenden Blick zu und ich gerate in etwas, was ich nicht aufhalten kann. Mir fällt nichts ein, was ich in diesem Augenblick sagen könnte ohne noch mehr Verwirrung zu stiften.

»Hab ich euch gestört?«, fragt Mario etwas vorsichtiger. »Sorry. War nicht meine Absicht.« Er zieht sich zurück, schließt leise die Tür, schraubt drinnen die Musik runter.

Warum komme ich mir bloß so schrecklich vor? Da sagt Simon auch schon: »Du hast die Zeit, da deine Eltern weg sind, wirklich gut genützt!«

»Das ist überhaupt das erste Mal, dass jemand da ist!«
»Du bist mir keine Rechenschaft schuldig«, sagt Simon in spöttischem Tonfall.
»Wozu sagst du dann so was, dass ich die Zeit ›gut‹ genützt hab?!«
»Sieht ganz so aus, oder? Und der schräge Typ von nebenan? Hast du mir nicht erzählt, dass der hier bei dir rumgelungert ist, dich gefragt hat, ob ...«
»Was willst du eigentlich?!« Ich bin außer mir.
»Nichts«, sagt Simon fast tonlos. »Geht mich ja auch nichts an, was du treibst.«
Ich bin wie erstarrt. Was denkt Simon jetzt von mir? Was war in dieser letzten Viertelstunde, die so schön begonnen hatte, passiert? Und weshalb sollte ich mich überhaupt rechtfertigen?
»Also, ich geh dann!«, sagt Simon plötzlich.
»Nein, Simon. Bitte bleib. Ich will nicht, dass du so fortgehst!«
»Du hast mir doch alles gesagt, was du sagen willst, oder? Ich will eure Party nicht stören.«
»Du störst nicht! Und das ist keine Party!« Jetzt schreie ich, spüre, wie die Tränen hochdrängen. Schrecklich heiß. Ich halte sie mit aller Kraft zurück, schlucke, schlucke kräftig, schlucke all die Verzweiflung hinunter, die mich wie ein Strudel erfasst.
»Glaub nicht, dass mir das hier leicht fällt«, sagt Simon. »Es ist deine Entscheidung, nicht meine. Ich will sie nicht!«
Simon hält die Hand am Türgriff, jetzt dreht er ihn um. Das Schloss schnappt auf und hinter Simon wieder zu.
Ich stehe da und starre auf den weißen Türlack.

Als ich nach mehr als zehn Minuten noch immer nicht nebenan auftauche, sieht Mario noch einmal vorsichtig nach. Er öffnet die Wohnzimmertür bloß einen Spalt, aus Angst, Simon und mich wieder zu überraschen, sieht mich weinen, lässt die Tür zufallen, damit sein Cousin nichts mitbekommt, nimmt mich um und ich heule an seiner Schulter ein halbes Meer voll. Ich spüre seine starke, ein bisschen ungeschickte Hand auf meinem Kopf, wie sie versucht zärtlich zu sein, spür etwas sehr Warmes am Haaransatz, einen Druck, der von Marios Lippen stammt, ein Nicht-hin-und-nicht-her-Kuss, halb Kumpel, halb Junge, der in mich verliebt ist. Weiß genau, wie schwer das ist. Kenn mich aus. Kenn es gut, das Gefühl zwischen den Grenzen, die ineinander fließen. Ich lege die Arme um Mario und drück mich an ihn ohne zu wissen, wer ich in diesem Augenblick bin. Welche der vielen Ines?

Ich lasse mich einfach fallen, will nichts mehr wissen, außer dass mich jemand hält. Doch plötzlich höre ich Mario sagen: »Du willst ihn vielleicht zurück, aber glaub mir, Simon geht nur bis morgen mit dir, bis Mareike wieder da ist! Die lässt ihn nicht los!«

Wütend mache ich mich von Mario los, schreie ihn an: »Was weißt denn du schon!!?«

»Alles, was du nicht sehen willst«, sagt Mario ruhig.

Ich schaue ihn an, zornig, tief getroffen, wünschte, er würde auf der Stelle verschwinden, nie hier raufgekommen sein. Er merkt, dass er das nicht hätte sagen sollen, versucht die Situation zu retten: »Wenn du mich brauchst, Ines, bin ich jedenfalls da.«

»*Den* Satz hab ich jedenfalls nicht gebraucht!!«, sage ich kalt, gerade als sein Cousin herauskommt.

»Ist was?«, fragt Danny verwundert.

»Na ja«, sagt Mario bloß.

Ich schweige, drehe mich von den beiden weg, schnäuze mich. Als sie sich verabschieden, sage ich nicht einmal auf Wiedersehen, bedanke mich nicht für die Motorradfahrt. Wieder allein weiß ich instinktiv, dass mir Mario klargemacht hat, wo ich stehe: am Rand. Wie auf den Klassenfotos.

Unten schreit der Motor wild auf, ein heiseres Tierbrüllen, von einem riesigen Ungetüm. Langsam wird es still, so still, dass ich die Wände atmen höre.

Mechanisch beginne ich die Wohnung aufzuräumen, während die Gedanken durch meinen Kopf kreisen, ein aus der Verankerung geratenes Ringelspiel, das sich jede Minute in eine andere Richtung dreht. Ich hab Simon nicht zu Ende reden lassen, hab seine Geschichte zerstört, ihm meine Entscheidung einfach noch einmal an den Kopf geworfen. Auch das war keine Aussprache, war nur ein gerissener Film. ENDE.

Und doch glaub ich nicht ganz daran. Will nicht daran glauben.

Fast eine Stunde habe ich nun wie abwesend alles weggeräumt, das Geschirr gewaschen und an seinen Platz gestellt. Nur meine Zeichnungen liegen noch verstreut. Die Farbspritzer sind im Parkettboden eingetrocknet, ich hätte nie in diesem Zimmer malen dürfen. Sieben Tage lang hat mir das größte Zimmer gehört. Ich stupse die Blätter mit der Schuhspitze an, schiebe einige zur Seite, betrachte sie. Kein einziger Schmetterling ist mir gelungen. Ich ziehe den hervor, der am meisten tot ist. Den schwarzen. Er erinnert mich am deutlichsten an das, was heute geschehen ist.

Und wenn ich Simon noch einmal anrufe? Jetzt gleich?

Mir fällt nichts mehr ein. Ich habe alles gesagt. Habe ich Simon jetzt verloren? Kann man einen Freund überhaupt ganz verlieren? Wenn ich an ihn denke, befinde ich mich auf einer Rutsche, auf der ich den Halt verliere. Während ich abwärts sause, drehe ich mich, Beine nach oben, Kopf nach unten, falle schmerzhaft ins Ziel. Und doch fängt mich jemand auf: Simon, der mir schon einmal geholfen hat. Simon, der Freund, der mir danach die Brennnessel geschenkt hat. *Achtung, bissig – berühren verboten,* hatte er darunter geschrieben. Trotzdem: Achtung auch vor Simon. Vor dem anderen, dem küssenden, tastenden, schmeichelnden Simon. Ich will nicht mehr in diese schrecklich schöne Wehtu-Nähe fallen ...

Ganz unten im Schrank, wo ich seine vielen Aufmerksamkeiten in der weggeschobenen Schachtel aufbewahrt habe, befindet sich meine kleine Holzdose mit getrocknetem Klee. Kein einziger hat vier Blätter, sosehr ich auch auf den Wiesen gesucht habe. Und wenn ich ein viertes Blatt hinzufüge, das Glück selber entwerfe, es mir zurechtklebe? Vorsichtig verwirkliche ich mein Geschenk an Simon, möchte es ihm zum Abschied in einem Brief schicken. Behutsam füge ich den drei kleinen Blättern ein viertes hinzu, fixiere es auf einem Stück weißen Karton, übermale es mit farblosem Lack. Darunter schreibe ich einen Satz : *Achtung, zerbrechlich! Nur vorsichtig berühren ...* Schiebe das zerbrechliche Glück in ein Kuvert. Den Brief lasse ich weg. Die Worte sagen alles, was ich in diesem Augenblick ausdrücken will. Und doch möchte ich weit mehr sagen ...

Ein plötzliches Gefühl der Unfähigkeit und Ohnmacht lähmt mich. Es erinnert mich an ein Erlebnis, als ich vier Jahre alt war. Ich ging mit meiner Mutter auf der Straße, hüpfte in einiger Entfernung vor ihr her, hörte einen Zug, machte ihn laut nach: »Huuuuh, huuuh, huuuh ...«

Ein großer Mann in einem dunklen Regenmantel kam mir entgegen, blieb vor mir stehen, versperrte mir den Weg, beugte sich zu mir herunter und sagte: »Der Zug macht nicht ›huuuh, huuuuh‹, sondern ›ratata, ratata ...‹« Ich lief schreiend zu meiner Mutter, verbarg mich in ihrem weiten Kleid. Der böse, fremde große Mann hatte mit seinem ›Ratata‹ meinen Zug kaputt gemacht. Er wusste es besser, ich wusste nichts. Ich hab nie wieder das Geräusch eines fahrenden Zuges nachgeahmt.

Jetzt ziehe ich die Vorhänge zu, schließe den Tag aus, schmeiße mich auf mein Bett und versuche zu schlafen. Mich wegzuschlafen. Als ich die Augen langsam und benommen wieder öffne, ist es später Nachmittag und nach kurzer Zeit springt alles haarscharf in meinen Kopf: Simon, den es nur mehr in der Schule für mich geben wird. Die

Eltern, Jens, Anika und ihr Schafskopf, die mich schon morgen überfallen werden: mit ihren Anweisungen, ihren Launen, ihren Geschichten, die nichts mit mir und dem, was mich bewegt, zu tun haben.

In der stillen Wohnung halte ich es nicht mehr aus, ich beschließe Manuela anzurufen, vielleicht geht sie einmal nicht mit ihrem Thorsten, sondern mit mir ins Kino. Aber sie ist nicht zu Hause. Weder Lisa noch Oliver kann ich erreichen. Keiner ist da, wenn man ihn braucht! Plötzlich denke ich nicht mehr nach, meine Finger wählen ganz von alleine Simons Nummer. Wieder ist seine Mutter am Telefon.

»Leider, Ines, Simon war nur kurz hier und hat gesagt, er kommt heute erst spät nach Hause. Du weißt ja, was spät bei ihm heißt, also früh. Am Morgen nämlich.« Sie lacht. »Ich kann dir auch nicht sagen, wo er hingegangen ist.«

Ich weiß genau, sie mag mich mehr als Mareike. Aber ich will nicht mit seiner Mutter gehen, sondern mit ihm. Ich hänge auf und bin wieder allein. Abgeschnitten.

Ganz kurz überlege ich, ob ich mir Christians zweiten Flyer aus dem Mist fischen soll und doch noch in seine Disco gehe. Immerhin kenne ich den DJ, brauche also nicht nur blöd rumzustehen. Nein. Ich hab einfach nicht die Laune dafür, schalte lieber den Fernseher ein, schaufle Bilder von Krieg, Gewalt, Hunger, Liebe, Überfluss und Langeweile in mich hinein, bleibe bei einem Pilotenfilm hängen. Simon mag diese Art Filme.

Mit Schrecken fällt mir ein, dass ich nichts für morgen zu essen eingekauft habe, die Eltern und Jens werden einen leeren Kühlschrank vorfinden, verkümmerte Pflanzen und eine verheulte Ines. Bravo.

Als ich mich in den Spiegel sehe und dabei meine Hose zuknöpfe, weil ich mir am Pizzastand eine Pizza holen möchte, entdecke ich doch noch etwas Erfreuliches an diesem grauen Tag. Ich habe abgenommen. Die Waage bestätigt es: zwei Kilo. Ein Grund, mir Schokonaps zu kaufen ... Lange halte ich es jedoch auf der lärmenden Samstagabendstraße mit all den Pärchen, die mir entgegenkommen, nicht aus. Ich verkrieche mich wieder in der Wohnung. Dort treffe ich zumindest niemanden, der mich daran erinnert, dass da draußen eine Menge los ist. Ohne mich.

Ich liege endlos wach, zerknülle mein Kissen, werfe mich von einer Seite auf die andere. Als ich schließlich erschöpft einschlafe, gleite ich in einen Albtraum. Mitten im tiefsten Schwarz läutet es Sturm. Entsetzt fahre ich hoch, erkenne, dass der Traum erschreckende Wirklichkeit ist. Zitternd tripple ich in den dunklen Vorraum, versuche mit Schlafaugen durch das Guckloch zu spähen, da donnert mir eine allzubekannte Stimme durch die Tür entgegen:

»He!! Mach doch endlich einmal auf!! Ich bin's!!!«

Ich öffne und blinzle auf die Uhr. Es ist drei Uhr morgens. Anika schiebt ihren Riesenkoffer herein, flucht, sie sieht nicht viel besser aus als ich. »Hallo!«, ruft sie verärgert. »Weißt du, wie lange ich schon da draußen stehe und mir die Finger wund läute? Ich dachte, Frau Petzold kommt raus und macht mir auf!«

»Die ist nicht da.«

»Ach so.«

»Und wieso bist *du* eigentlich da?«, frage ich völlig durcheinander.

»Weil ich meine Wohnungsschlüssel irgendwo in Griechenland verloren habe. Thomas ist zu seinen Eltern schlafen gefahren.«

»Sag, konntest du keine bessere Maschine nehmen?«

»Wir haben einen Billigflug gebucht. Keine Kreuzfahrt erster Klasse!«

»Ich bin grade erst eingeschlafen!«

»Aha. Warst du aus? Recht hast du! Was keiner kontrollieren kann, muss man ausnützen!«

Ich antworte nicht. Ihr geht es immer nur ums Ausnützen und es soll sie ja keiner irgendetwas fragen. Dafür fragen mich die Eltern umso mehr.

»Ich bin todmüde, du«, sagt Anika. »Das war vielleicht eine Aufregung mit den Schlüsseln, außerdem haben wir fast jede Nacht durchgemacht. Ich brauch erst mal Urlaub, glaube ich.«

Anika verschwindet im Bad, wäscht ihre drei Kilo Schminke ab, schmiert ihre vier Kilo Cremes auf und verschwindet in ihrem Bett. Leider steht es noch immer in meinem Zimmer. Bis sie auszog, haben wir das Zimmer geteilt. Das heißt, *sie* hat es besetzt und ich hab mitgewohnt.

Ich höre ihr verhasstes leises Schnarchen, beneide sie darum, dass sie wieder einmal früher einschläft als ich. Ich liege mit weit geöffneten Augen auf dem Bett, schwitze, denke an Simon. Denke, was wäre gewesen, wenn ... wenn er damals raufgekommen wäre und Mario und Danny nicht dagesessen wären. Plötzlich springe ich auf, laufe rüber zu Anikas Bett, pack sie am Arm, rüttle sie ein wenig, bis sie endlich aufwacht.

»Is was?«

»Ja.«

»Was ist denn los??«

»Nichts.«

»Dazu weckst du mich auf? Sag, spinnst du!!«

»Ich muss mit dir über Simon reden.«

Sie setzt sich mit einem Ruck auf. »Ist etwas passiert?«

»Noch nicht. Ich will wissen, was du über Drogen weißt und die Leute, die was nehmen.«

Still und dunkel ist es im Raum. Ich seh überall Schatten, langsam erkenne ich den Umriss von Anikas Oberkörper, das tiefere Schwarz ihrer langen Haare. Ich hocke auf dem Bettrand, die Beine eng am Körper, umfasse meine Knie. In mich geschlossen bin ich bereit zuzuhören.

»Eigentlich bin ich hundemüde, muss das jetzt sein?!«

»Bitte ...«

Anika stöhnt. »Also gut, wir haben ja nie viel geredet, holen wir es meinetwegen nach. Schätze vier Uhr früh ist die beste Zeit dazu ...« Sie gähnt lang und laut, endlich beginnt sie. »Also, du weißt doch, ich hab mal in dieser Disco gearbeitet, ich mein, es war nicht gerade der beste Platz, aber immer eine Menge los«, sagt Anika.

»Und?«

»Da hab ich schon einiges mitgekriegt, hab gesehen, wie da manche, die mal Hasch, mal Pillen, mal Koks nahmen, so wie ein anderer Schokolade, Erdbeere oder Vanille, nur noch in der Ecke gelegen sind. Nicht mehr ansprechbar. Echt arg war das.«

Anikas Stimme dringt durch die Dunkelheit zu mir.

»Dann habe ich diesen Engländer kennen gelernt, den Ronny, du weißt doch?«, fährt sie fort.

»Den, den Papa nicht leiden konnte?«

»Der kann keinen leiden, keiner ist gut genug für mich.« Sie beugt sich vor, ich spüre ihren Atem auf meinem Arm, sie spricht plötzlich leiser, als könnte noch jemand zuhören. »Sei froh, dass die Eltern Simon so gern mögen.«

Kunststück. Ich bin nicht Anika. Zu mir braucht kein Prinz zu kommen. Für mich genügt ein ganz normaler Simon.

»Ronny war auf Drogen, oder?«

»Ja.«

»Hast du denn auch was genommen?«

Pause. Dumpf hängt sie im Raum. Anika antwortet nicht. Das haut mich ziemlich um.

»Egal«, sagt sie plötzlich. »Es ist alles Lüge, was dir einer erzählt, dass Drogen nichts ausmachen und wie Zigaretten und Alkohol sind. Klar, süchtig kannst du von allem werden. Kaputt auch. Aber du wirst leichter abhängig von Drogen und die Folgen sind schlimmer. Da spielt eine Menge mit. Die Clique, die leichte Möglichkeit an immer stärkeres Zeug ranzukommen, der Kick ... du glaubst, du bist in, und plötzlich bist du out. Verstehst du?«

Ich verstehe wenig, nicke jedoch, was sie in der Dunkelheit nicht sehen kann. Ihre nächtlichen Ausführungen münden plötzlich in einem heftigen Redeschwall. »Schließlich bist du nur noch ein Mitläufer, ein Schwächling, bist kein freier Mensch mehr, denn irgendwann fehlt dir die Droge. Du nimmst sie, weil's dir besser geht. Aber eines Tages haust du sie dir rein, weil's dir total schlecht geht und du Angst hast, dass du den Zustand nicht aushältst. Und schon hängst du drin. Nicht *du* entscheidest mehr, sondern das, was stärker ist als du.«

Ich drifte mit meinen Gedanken weg, weiß nur eines: Ich will selbst entscheiden. Nicht abhängig sein. Auch nicht von Simon.

»Sag, hörst du mir überhaupt zu oder bist du eingeschlafen?!« Anika tippt mir mehrmals auf die Schulter.

»Doch, ich hör dir zu, ich hab an Simon gedacht.«

»Du musst viel mit ihm reden, rausfinden, warum er was nimmt. Kennst du den Grund? Ist es bloß Neugierde? Einen Grund gibt es immer, aber das Zeug bleibt nur ein Ersatz. Und das, was du wirklich willst, was dir fehlt, kriegst du bestimmt nicht durch die Droge! Versprech ich dir!«

Was könnte Simon fehlen? Ich weiß es nicht. Ich weiß bloß, was *mir* fehlt.

»Sag, bist du wirklich noch da?« Anika klingt verärgert. »Erst weckst du mich auf, dann sitzt du da wie eine Mumie. Schätze, das ist doch nicht der richtige Zeitpunkt um zu reden. Die ganzen Scheißdrogen sind übrigens oft ein richtiger Lustkiller. Gibt aber keiner zu, dass bei ihm tote Hose ist.« Plötzlich beugt sich Anika wieder dicht zu mir. »Wie steht's eigentlich zwischen euch, hast du schon ...?«

»Frag mich nicht, Anika!«

»Okay. Schon gut, schon gut. Frag du mich auch nichts mehr. Geh lieber schlafen. Ich bin echt todmüde!« Sie struwwelt mir über den Kopf. »Kleine«, murmelt sie.

Ich wusste, es würde kommen. »Ich bin schon lang keine Kleine mehr«, sage ich trotzig.

»Ich weiß. Du hast im Augenblick eine Menge Sorgen. Thomas hatte so einen Spruch, als ich ihn kennen lernte. Den hab ich mir an die Wand geklebt. Thomas ist total immun gegen alle Versuchungen. Außer gegen mich. Zum Glück.« Sie kichert. »Also sein Motto war: Never loose control. Be Lord unto yourself. Your body is your holy temple. Protect it. Er dachte, er müsste es mir auf Englisch beibringen, weil ich damals noch an Ronny hing. Thomas half mir, da wieder rauszufinden. Also ... wird schon nicht so schlimm sein mit Simon!«

Jetzt ist sie wieder die Alte, das Problem ist für sie erledigt.

Kurz bevor ich endlich einschlafe, erinnere ich mich, dass ich heute nicht einmal Tagebuch gemalt habe. Alle Bilder, alle Zeichen, alle Farben sind in mir eingeschlossen. Auch Simons Worte. Hatte er nicht gesagt, er will meine Entscheidung nicht?

Etwas, was einer nicht will, kann ich auch wieder zurücknehmen, oder? Jedenfalls möchte ich Simon nicht einfach hängen lassen ...

Bis morgen Mittag habe ich noch Zeit mich endgültig zu entscheiden. Dann kommt Mareike.

Einen halben Tag geb ich mir.
Dann ist es aus.
Oder es fängt erst richtig an.

Sonntag

Um elf Uhr vormittag ist Anika noch immer nicht aufgewacht. Ich rühre mir einen Kakao und tauche Weißbrot ein. Das schmeckt wie ein besonders saftiger Schokokuchen. Ich schalte das Radio ein und höre Anika nebenan fluchen. »Musst du so einen Lärm machen?!!«

»Ich kann nicht dauernd Rücksicht nehmen, um elf muss ich auch mal atmen!«

»Dann such mir im Telefonbuch den Aufsperrdienst raus, ich muss mit dem Koffer abhauen, bevor die Eltern kommen!«

»Such ihn dir selber raus, ich hab durch Zufall auch was Wichtiges vor.«

Die Zeit rennt mir davon. In Anikas Gegenwart kann ich unmöglich mit Simon telefonieren. Ich muss die Situation von gestern Vormittag wieder gutmachen. So können wir uns auf keinen Fall trennen. Wenigstens die Karte möchte ich abschicken.

Anika schlurft in die Küche, die langen dunklen Haare hängen ihr halb über das Gesicht, sie sieht übernächtigt aus. Schön ist sie trotzdem. Sie nimmt einen Schluck von meinem Kakao, lässt sich erschöpft auf die Sitzbank fallen, blickt mich mit ihrem gewinnendsten Lächeln an. Sie erwartet, dass ich ihr Frühstück bereite. Auf mich wirkt ihr Lächeln nicht, lässt mich kalt wie eine tote Sardine.

»Mach dir selbst was, ich hab's eilig!«

Ich setze mich nicht zu ihr, damit sie nicht eine halbe Stunde redet, mir Griechenland und ihre Abenteuer serviert. Ich hab meine eigenen, bin mittendrin. Ich flüchte ins Wohnzimmer, möchte in dieser letzten Stunde, die mir bleibt, alleine sein, einen klaren Gedanken fassen, den Mut haben Simon anzurufen.

Ich stehe am Fenster, auf den Straßen ist es so still wie vor einer Woche, als die Eltern mit Jens weggefahren sind. Nicht einmal ein Radfahrer biegt um die Ecke, nichts durchbricht das Bild. Sehr hell ist der Tag. Sehr scharf das Licht. Glasklar meine Entscheidung. Ich bleibe dabei: Ich will nicht mehr. Kann nicht mehr. Wenn ich an ihn denke, fließt Hitze in meinen Bauch und ich hör mein Herz schlagen und darf doch nicht zu ihm. Wahrscheinlich habe ich zu viel in unsere Begegnungen hineingelegt, mein ganzes Gefühl und meine wildesten Träume. Andererseits ... in der Kabine, im Schwimmbad vor zwei Tagen, schien sein Verhalten eindeutig, er hat mehr in mir gesehen als die Kumpel-Ines, alles war wieder unaufhaltsam lebendig ...

Als Anika den Schlüsseldienst erreicht hat, sich endlich ein Taxi ruft und die Tür hinter ihr zufällt, ist mein Mut, Simon noch einmal anzurufen, verflogen. Mareike ist schon zu nahe, kreist bereits irgendwo da oben am Himmel, wird bald landen. Sie befindet sich schon wieder *zwischen* uns.

Zögernd nähere ich mich meinem Tisch, ziehe ein weißes Blatt hervor und beginne nun doch einen Brief an Simon.

Lang wird der Brief.

Viel zu lang. So viel steht darin. Und er ist noch nicht zu Ende. Dabei hab ich ihn ganz normal begonnen mit: *Simon, ich möchte dir etwas sagen, was mir sehr schwer fällt, und ich sag dir auch, warum ...* Aber das Warum zieht sich schon über zwei Seiten und es hört nicht auf.

Ich zerknülle den Brief, zerdrücke das scharfkantige Papier in meiner Hand, bis es mich in die Haut schneidet. Schließlich hole ich die Karte mit dem Kleeblatt hervor, streiche eine Zeile weg, füge eine andere, wichtigere hinzu: Simon wird unter dem Glück lesen, was ich fühle.

Achtung, zerbrechlich.

Trotzdem hab ich dir sehr lieb. Immer.

Ich fahre mit der Zunge über den Klebestreifen des Kuverts, über die Rückseite der Briefmarke, schmecke das

Bittere wie eine missglückte Speise. Aber ich bin stolz auf mich, habe mich durchgerungen, hab mein eigenes Ultimatum eingehalten, wenn auch mit vertauschten Rollen. Ich bin nicht nur um zwei Kilo leichter, fühle mich plötzlich im Ganzen erleichtert, breite die Arme aus für die neue Ines.

Traurig, aber frei.

Am nächsten Häuserblock befindet sich ein Briefkasten, ich werfe die Nachricht durch den Schlitz, höre sie dumpf auffallen. Eine Weile schlendere ich noch durch die Straßen, will die Enge, die sich in meinem Brustkorb plötzlich wieder bemerkbar macht, los werden, schaue mir zerstreut die Auslagen an. In ihnen spiegelt sich das Bild von dem zusammengefügten Kleeblatt und Simons Gesicht, immer wieder, plötzlich schiebt sich Mareike davor, die in wenigen Minuten am Flughafen ankommt. Jetzt möchte ich nur noch eines, mich in die Geborgenheit meines Zimmers flüchten, mich darin vergraben, die ganze Last abschütteln, einfach losheulen, bevor alle zurück sind. Ich beschleunige meine Schritte, laufe, bleibe erschrocken stehen. Von weitem erkenne ich den Wagen der Eltern, sie haben bereits ausgeladen, befinden sich wahrscheinlich schon in der Wohnung. Da entdecke ich Jens am Fenster, er beugt sich weit hinunter, sucht etwas, vielleicht glaubt er, ich sei hinausgefallen. Sonntags stehe ich um diese Zeit meistens erst auf.

Im Treppenhaus atme ich noch einmal kräftig durch, will mir auf keinen Fall etwas anmerken lassen. Endlich läute ich an, es ist schön, wenn nun wieder einmal jemand öffnet.

Mama ist ganz aufgeregt. »Ja, sag, Ines, wo spazierst du denn um diese Zeit rum?!« Sie gibt mir einen Kuss, ist froh, dass ich da bin. Sie riecht nach ihrem Parfum, es ist vertraut, es tut gut.

»Wir haben uns schon Sorgen gemacht«, ruft mir Papa entgegen. »Normalerweise lässt du doch einen Zettel zurück, wenn du weggehst.«

Normalerweise ...

»Ich kann doch nicht wissen, dass ihr so früh kommt!«

»Besonders zu freuen scheinst du dich ja nicht«, stellt Mama fest. »Ist was? Du hast doch was. Wo warst du denn jetzt?«

»Ich hab einen Brief aufgegeben«, sage ich wahrheitsgemäß.

Ich habe mehrere Brieffreunde, es fällt also nicht auf. Jens rennt durch die Wohnung und ahmt einen Starfighter nach, seine überlaute Motorenstimme dröhnt durch alle Zimmer.

»Hallo, Ziege! Kleine!«, ruft er mir zu. »Hier gibt's anscheinend nur Salat und Radieschen, null im Eisschrank.«

»Ich bin Vegetarierin geworden«, erkläre ich, damit es gleich alle wissen.

»Und weshalb?«, fragt Papa. »Ist etwas Besonderes mit dir in dieser Woche geschehen?«

Viel ist geschehen, denke ich. Mehr als eine kleine Ziege aushalten kann.

»Nichts Besonderes, eigentlich gar nichts«, sage ich. »Ich hatte es schon lange vor. Ich will einfach nicht, dass wegen mir ein Tier sterben soll. Vor rohem Fleisch hab ich mich schon immer geekelt.«

»Na, die Spinne, die auf meinem Handtuch im Hotel gesessen ist, hättest du glatt kaltgemacht, da wett ich mit dir!«, sagt Jens.

»Erstens pflege ich keine Spinnen zu essen, zweitens beweist das, dass du dich eine Woche nicht gewaschen hast, die war gerade dabei, gemütlich ihr Netz zu weben!«

»Komm, setz dich zu uns«, sagt Papa. »Wir erzählen dir, wie es war, und dann erzählst du uns, wie du durchgekommen bist.«

Durchgekommen ... Als hätte ich die Wüste durchquert.

Fast war es so.

»Ich setz mich später zu euch, okay, Papa? Ihr seid doch gerade erst angekommen und ich wollte noch was erledigen.«

Als ich mich in mein Zimmer begeben möchte, hält Mama mich auf, dreht mich zu sich herum, schaut mir prüfend ins Gesicht, streicht mir eine Strähne aus der Stirn.

»Sag, du hast doch was. Irgendwas ist doch vorgefallen, während wir nicht da waren. Bist du plötzlich gegen uns oder was ist los?«

»Ich bin nicht gegen euch, sondern für mich!«, verkünde ich laut, sodass es jeder hören kann. Ich lasse sie stehen. Lasse sie alle verdutzt da draußen im Vorzimmer, lasse sie rätseln, mache die Tür hinter mir zu. Halte das Weinen auf.

Mareike ist jetzt zurück. Simon hält sie fest. Und sie ihn.

Gegen Abend habe ich eine Menge hinter mir. Endlich eine warme gute Mahlzeit, Jens' dumme Bemerkungen, aber auch die Urlaubserlebnisse und das Betrachten der Fotos, die Papa noch am Ferienort hat entwickeln lassen. Ich erzähle, dass ich in der Ausstellung war, berichte von den fliegenden Ameisen, von dem Nachmittag mit Melanie und den anderen. Simon erwähne ich nicht.

»Und sonst??«, fragt Jens ungläubig.

»Sonst nichts!!«

»Na, vielleicht erzählst du uns ein anderes Mal mehr«, sagt Mama. »Irgendwas ist da, was dich bedrückt, da bin ich mir sicher.«

Weil ich weiter schweige, nimmt alles seinen gewohnten Lauf. Mama räumt den Tisch ab, Papa trägt anstandshalber eine Schüssel in die Küche und Jens hockt vor dem Fernseher und schaut seine kindische Sendung. Wenig später beobachte ich, wie Papa die Brille aufsetzt und eine Motte fängt. Motten zählen zur Familie der Schmetterlinge. Weiß ich von Simon. Papa zerdrückt sie, kratzt sie mit dem Nagel von der Handfläche. Ich schaue genau hin. Er macht sie weiter kaputt. Zerreibt die kleinen samtigen Flügel zwischen den Fingern zu Staub. Greift in die Keksschachtel und schiebt sich ein Schokoröllchen in den Mund.

Ich werde nie wieder einen Schmetterling zeichnen. Keinen totschwarzen. Auch keinen zitronengelben. Gar keinen.

Nach dem Essen halte ich es plötzlich zu Hause nicht mehr aus. Zu viel Lärm. Zu viel Nähe.

»Ich geh noch fort«, erkläre ich.

»Warst du nicht die ganze Woche weg?«, fragt Mama.

»Was glaubt denn ihr?! Ich bin kein einziges Mal abends ausgegangen!«, schreie ich aufgebracht.

»Warum schreist du denn so?« Papa schüttelt verärgert den Kopf. »Ist doch eine normale Frage.«

»Aber es ist nicht normal, dass ihr glaubt, dass ich mich jeden Abend rumtreib, und auch nicht normal, dass ein Mädchen in meinem Alter zu Hause sitzt!!«

»Und wer kann da was dafür?«, fragt Mama.

»Selber schuld.« Jens hat seine Ohren überall.

»Ich hab einfach eine riesige Wut«, sage ich. »Es war keiner da, mit dem ich hätte weggehen können. Und allein bringt es keinen Spaß!«

»Es war *deine* Entscheidung«, sagt Mama bloß. »Du hättest ja mitfahren können, man erkundigt sich vorher, ob jemand in den Ferien da ist oder nicht. Und Anika? Hat sie wirklich regelmäßig angerufen?«

»Ja.« Sogar aus Griechenland, hätte ich fast gesagt.

Als ich vor dem Telefon stehe, weiß ich, wen ich anrufen werde. Mario. Irgendwie hab ich ein schlechtes Gewissen ihm gegenüber, die Idee mit dem Motorrad war wirklich etwas Besonderes. Und für den unpassenden Satz hat er sich später entschuldigt ... Und überhaupt. Mario ist mir nicht gleichgültig. Ich weiß, in welches Mädchen er verliebt ist, Simon hat es ohne den Namen zu erwähnen verraten.

Ich bin es. Ines.

»Schön, dass du mich anrufst«, sagt Mario. »Ich hätte mich nicht mehr getraut.«

»Gibt's das? Dass du dich was nicht traust?!«

»Kommt darauf an, wem gegenüber. Bei dir ist es was anderes.«

»Hast du Lust, ins Kino zu gehen, es gibt da einen Film, den ich gern gesehen hätte ...«

»Ich seh jeden Film gern, Hauptsache, es ist mit dir.«

»Holst du mich um halb acht ab?«

»Diesmal komm ich ohne Motorrad. Trotzdem hab ich eine Überraschung für dich.«

»Schon wieder?«

Ich bin neugierig und aufgeregt. Aus irgendeinem Grund ziehe ich meine neue Unterwäsche an, die margeritenweiße mit der Spitze, die vom Überlebensbudget.

Als Mario vor der Tür steht, hält er eine riesige Kokosnuss in den Händen. »Hallo, Rosalinde Kuckucksei. Hast du einen Hammer? Wenn du sie aufschlägst, rinnt die Milch raus. Spanien musst du dir dazu denken. Olé!«

Lachend nehm ich die schwere Nuss in Empfang, leg sie staunend auf den Teppich in meinem Zimmer, genau in die Mitte. Fühle mich plötzlich gut und so richtig *richtig* wie schon lange nicht mehr.

Diesmal sitzt Mario im Kino so nah neben mir, dass ich die Arme verschränken müsste um nicht an ihm anzukommen. Er riecht wieder nach frischer Wäsche und einem fremden Duft, den ich mag. Ich habe keine Lust, mich zurückzuziehen, mein linker Arm berührt ganz von selbst seinen rechten und unsere Finger finden den Weg ineinander. Meine Haut schwitzt ein bisschen, aber bei Mario macht es mir nichts aus, er ist mir von all den Schuljahren vertraut, wenn auch nicht ganz. Genau das macht den Unterschied, verursacht das Bauchkribbeln, das sich langsam einstellt und sanft in meinen Eingeweiden nagt. Ich merke, dass Mario mich von der Seite ansieht, wartet, dass ich mein Gesicht zu ihm drehe. Aber ich tue, als bemerkte ich es nicht, möchte den Film sehen. Mir genügt die Hand, die warme Nähe.

Irgendwann geht Marios Hand andere Wege, gleitet unter meine Haare im Nacken, wandert in der Vertiefung hinauf und hinunter. Angenehm fühlt es sich an. Sogar sehr. Irgendwann versäume ich einige Bilder auf der Leinwand, bald ganze Szenen, weil die Finger meinem Hals eine andere Richtung geben und Mario mit seinen Lippen nach meinem Mund tastet. Ich gebe nach, weil auch der Mund sich gut anfühlt, die Zunge darin mich einfängt und Mario gar nicht so unerfahren ist. Ganz im Gegenteil, und das verleiht ihm etwas Geheimnisvolles, weil niemand in der Klasse es ihm zutrauen würde.

Nur ich hab eine Ahnung davon.

Jetzt.

Und ich will mehr wissen.

Nach dem Kino haben wir beide keine Lust, nach Hause zu gehen, vielmehr ist uns nach einem gewaltigen Eis mit allen Kalorien, die darin Platz haben, bunt und süß. Doch plötzlich sagt Mario etwas und das Süße bleibt an meinem Gaumen, an meiner Zunge kleben, das Eis gefriert im Hals, statt zu schmelzen.

»Wie bitte??« Ich frage nach, weil ich glaube, ihn in dem Lärm nicht verstanden zu haben.

»Weißt du, was mit Simon ist?«, wiederholt er.

»Nein«, sage ich erschrocken, schiebe mein Eis fort, starre Mario an.

»Ich hoffe, ich schockiere dich damit nicht schon wieder, aber du weißt doch, dass Mareike heute Mittag zurückgekommen ist?« Mario steckt seinen Löffel wie eine Fahne in eine Vanilleeiskugel. Sieht mich nicht an.

»Klar weiß ich es«, sage ich fast tonlos.

Mario macht eine Pause und ich versuche die Worte, die folgen werden, von seinem Gesicht abzulesen.

»Na ja ...«, sagt Mario. »Mareike hat sich in Rom in einen Italiener verliebt und angeblich besucht er sie nächste Woche. Sie hat es Simon gleich erzählt. Noch am Flughafen.«

Ich sage nichts, weil sich die Köpfe, die Lichter, die Wände, die Sessel rund um mich leicht zu drehen beginnen. Bin stumm, als wäre ich aus Wachs. Plötzlich schiebt Mario seine Hand über den Tisch und greift nach meiner.

»Meinst du, ihr geht jetzt wieder zusammen?«

Mario hat Angst. Ich kann es spüren, sehe es ihm an.

»Sag mal, das fragst du mich wirklich?! Sie ist weg und ›popp‹ bin ich da ?! Bin gleich wieder zur Stelle, nur weil Simon jetzt allein ist? Ich muss doch das selbst erst mal verdauen, ich meine, du überfällst mich da mit einer Meldung und erwartest schon eine Antwort?«

»Du hast Recht«, sagt Mario. »Entschuldige.«

Ich weiß nicht mehr, was ich denken, was ich hoffen soll. Und Mario sitzt da und wartet trotzdem, dass ich etwas sage. Etwas, was uns betrifft. Ihn und mich.

»Das haut mich ganz schön um«, sage ich endlich. »Armer Simon.«

»Du musst ihn wirklich noch immer sehr gern haben«, sagt Mario leise.

»Ja«, sage ich. »Hab ich.« Ich schaue Mario nicht an. Er entfernt seine Hand, lässt mich los, deutet unvermutet auf den Nebentisch, an dem gerade eine riesige Portion Eis Hawaii mit leuchtend schmetterlingsgelbem Papierschirmchen serviert wird. Ihm ist das Eis egal, mir auch, er will nur ablenken, mich zurückholen. Hierher. An diesen Tisch.

Mareike ist ein Luder. Genau wie Anika.

Ich könnte mich freuen. Aber ich freu mich nicht.

»Und wieso weißt du das alles?«, frage ich.

»Sandra ist doch seit neuestem mit Mareike befreundet, besser gesagt, sie rennt ihr nach, will unbedingt zu ihrer Clique gehören.«

»Und?«

»Sie hat Mareike angerufen, gleich am Nachmittag, sie braucht doch Informationen für die Klatschspalte im Herbst, wenn die Schule beginnt. Schon vergessen? Da hat es ihr Mareike gesagt. Dann hat Sandra mich angerufen und es mir brühwarm erzählt. Weil sie heute auch mit mir ins Kino gehen wollte, du wirst es nicht glauben.«

»Von ihr glaube ich alles.«

»Auch von mir?«, fragt Mario und sieht mich wieder an mit diesem Blick, der etwas verlangt, was ich nicht geben kann.

»Dir glaube ich sowieso«, sage ich ehrlich.

»Egal wie, Ines. Ich mag dich noch mehr als sehr! Ich hab den Satz ein bisschen abgewandelt, damit du mich nicht wieder daran erinnerst, dass ich ihn dir schon mal gesagt habe.«

»Ich mag dich auch, Mario. Nur ... anders, glaube ich.«

»Als Freund, als ... Schulfreund, meinst du?«

Ich antworte nicht.

»Macht nichts«, sagt Mario und es macht viel. Macht den ganzen schweren, alles durcheinander wirbelnden Unterschied. »Vielleicht ändert es sich einmal. Ich bin jedenfalls da, wenn du mich brauchst. *Das* hab ich dir schon mal gesagt. Im Originalton!« Mario macht sich wieder an sein halb geschmolzenes Eis, während ich das Süße kaum runter kriege.

Wir sprechen nicht mehr über Mareike. Nicht mehr über Simon. Schon gar nicht über uns. Jedenfalls nicht über dieses spezielle Thema, das mit Verliebtsein und Freundschaft und Liebe zu tun hat und all den feinen Grenzen, die es scheinbar ständig zu überwinden oder zu bewahren gilt. Wir reden über Danny und sein Motorrad. Über fremde Länder, in die wir einmal reisen möchten, und entscheiden uns für Griechenland.

Ich hole Anika ein.

In allem!

Doch im Augenblick fühle ich mich unglaublich müde, so müde, dass ich nicht einmal in ein Flugzeug einsteigen könnte.

»Ich würd jetzt gern nach Hause gehen!«, sage ich.

Mario begleitet mich bis vor die Eingangstür. Er versucht

nicht mich zu küssen, sieht mich nur an, lässt mich entscheiden. Ich lehne mich an ihn, während er seine Arme leicht um mich legt, wie damals bei mir zu Hause. Behutsam und fest zugleich. Ein Versprechen, dass ich ihm vertrauen kann.

Als ich die Wohnungstür öffne, schlägt mir Stille entgegen. Ich bin froh, dass alle schon schlafen, die sanfte Dunkelheit überzieht die Räume wie eine Schutzschicht. Vor meiner Tür entdecke ich auf dem Boden einen weißen Zettel und mein Herz klopft bis in den Hals. Vor lauter Aufregung vergesse ich Licht zu machen, halte den Zettel nahe am Fenster in den hellen Mondschein. Ich lese: *Ich liebe dich.*

Aber es stimmt nicht.

Gute Nacht – steht darauf. *Von Mama und Papa.*

In meinem Bett wälze ich mich hin und her, denke an Simon und habe plötzlich Angst. Angst, dass er durch Mareike, die ihn von heute auf morgen verlassen hat, doch in die Drogenszene reinschlittern könnte. Erst die Geschichte mit seinen Eltern, jetzt die Enttäuschung durch sie ...

Ich setze mich mit einem Ruck auf, als könnte ich alles von mir abwerfen. Als wäre es nur ein schlimmer Traum. Wer wird Simon überzeugen, sich nicht im Park oder anderswo Stoff zu besorgen? Und wenn er doch zu mir zurückkommt?

Allein die Vorstellung von dem, was passieren könnte, wirft mich heftig in die Kissen zurück. Mein Kopf schlägt mit einem lauten »Ploff« in die Federn. Ein Geräusch wie von einem zerplatzenden Luftballon.

Die vielen wirren Gedanken und Gefühle, die ich in der letzten Woche zu ordnen versucht habe, verfangen sich erneut in einem Tohuwabohu. Wie soll ich reagieren?

Langsam, sehr langsam komme ich zur Ruhe, lass mir die Entscheidung, zu der ich mich durchgerungen habe, nicht so leicht wieder entreißen. Selbst wenn Simon jetzt wieder mit mir gehen möchte, ich an erster Stelle bin, seine Ines – dann nur, weil Mareike ihn verlassen hat und er mich braucht ...

Und schon bin ich wieder jemand, der ich nicht sein will: eine Erste, die trotzdem eine Zweite ist. Nein. Ich hab meinen Stolz. Und ich habe mich entschieden. Zumindest für jetzt. Hab meine Grenzen gesetzt.

Und doch.

Irgendwann, wenn viel Zeit vergangen ist und Simon genau weiß, was er will, ohne nachdenken zu müssen, wird vielleicht er sich entscheiden. Und zwar ganz. Für mich. Ines!

Wie sagt Anika? »Alles ist möglich, wenn man nur dran glaubt.« Vielleicht ist auch alles möglich, sogar wenn man *nicht* dran glaubt: Mario hat mich mit einem Motorrad und einer Kokosnuss überrascht. Mareike hat Simon verlassen. Und ich schlafe, obwohl ich hellwach bin. Denn es kann nur ein Traum sein, in dem plötzlich dieser unglaubliche Satz in riesigen Lettern vor mir auftaucht, der Satz, den ich wieder und wieder lese und der mich davonträgt, auf einem schwarzen Motorrad, in den Wind fliegend, hinein in die Nacht.

Ich lese ihn laut, so laut, dass er bis zu Simon dringt:

VIELE TAGE GEB ICH UNS ...

Inhalt